「司馬中原鬼靈經」

九歌文庫1054

司馬中原 著

用關愛的心進入萬物之心（代序）

《司馬中原鬼靈經》的書名，是九歌代取的，我只是一個粗淺浮陋的人，哪敢稱自稱拙著為「經」？不過舉目當今，「經」字已被用濫了，奕棋有「碁經」，打麻將有「麻將經」，飲茶有「茶經」，喝酒有「酒經」，飲食有「美食經」，戀愛有「戀愛經」，另如：升官、發財、股市交易，無一不具經典性的祕笈，既然是百經齊出，各領風騷，也就不必用「一本正經」的態度，去看待我的這本新書「鬼靈經」了！

打開天窗說亮話，我生於戰亂，畢生沒進過幾天學校，連小學畢業證書也沒領過一張，讀書寫稿，全靠自學，我自小就聽慣了鄉野傳說，尤其愛聽鬼靈的故事，自覺那些故事裡，蘊有無限奇幻的奧祕，讓我能產生想像，更展開靈魂的翅膀，在廣大空間自由翱翔。

沒有明師導引，自學是非常辛苦的事，因為常常會陷入瞎子摸象的主觀困境，做任何學問，只知其一不知其二是不成的，若想脫出此魔性的旋渦，離不了廣泛閱讀、自我反省和感悟，古人說：「道可通方，學貴自悟。」說白一點，反省是省察自身的功夫，而感悟是以真心接物，使萬物與我心合一的法門。感者，咸心也，萬物皆有心，我也有心，我用關愛的心進入萬物之心，正如先儒林語堂博士所說的：感同身受，我在其中，再由感受開啟靈悟之門，所得到才算活的學問。

我把從書本得來的知識和從生活得來的感悟，作出相互的映證，雖不能說是「聚沙成塔」，但多少獲得一些對人生的認知和憬悟，書中所收的各篇，可算是我較晚期的作品，這些作品都是從未在報刊上發表過的，從這些作品，可以看到在近一甲子時光中，我生命成長的心路歷程，一般人對於鬼和精靈，多抱有一些恐懼的心理，也有些自以為唯物科學萬能的人，根本不相信世上有鬼靈的存在，其實這都是不必要的，在我眼中，人是帶殼子的鬼，鬼是脫殼子的人，死亡不是終極，只是靈肉分離的釋放而已。

有一個故事說：

從前有一個老頭，在睡夢中魂已離體，看見前面有座大殿，有許多影影綽綽的人形浮進浮出，他瑟瑟縮縮的單獨站在廊邊，不知怎麼是好，恰巧遇著一個人，拍拍他說：「怎麼那麼巧，會在這兒遇上你老哥？」

那老頭抬眼一看，原來是幾十年前的老同學，就問說：「這是什麼地方？」「這就是陰朝地府啊！」對方說：「我倒想起來了，當年你不是堅信無鬼論的嗎，我想問問你，你現在是什麼啊!?」

老頭一想，大睜兩眼說不出話來。耳邊只聽到很多鬼物的笑聲……

拿我來說，不會遇上這種尷尬的事，因為我小時被人稱作「頑皮鬼」，我抽菸喝酒，被人稱作「菸鬼、酒鬼」，我同時又是「好吃鬼」、「膽小鬼」、「勞命鬼」和「賣鬼」維生的「老鬼」，我也天天拔鬼毛，但一邊拔一邊又長，年近八十了，對鏡子一看，還是個半人半鬼的「四不像」，但也沒有人會怕我，我的生命觀很簡單，那就是：「活著就笑，死了就算；無怨無尤，瀟灑人間走一回。」

但願天祐，能讓我再多寫本書，為後世點亮一盞小小的文化燈火，這倒是我衷心盼望的願景。

如此而已。

司馬中原 二〇〇九年歲末

目錄

輯一・鬼話連篇

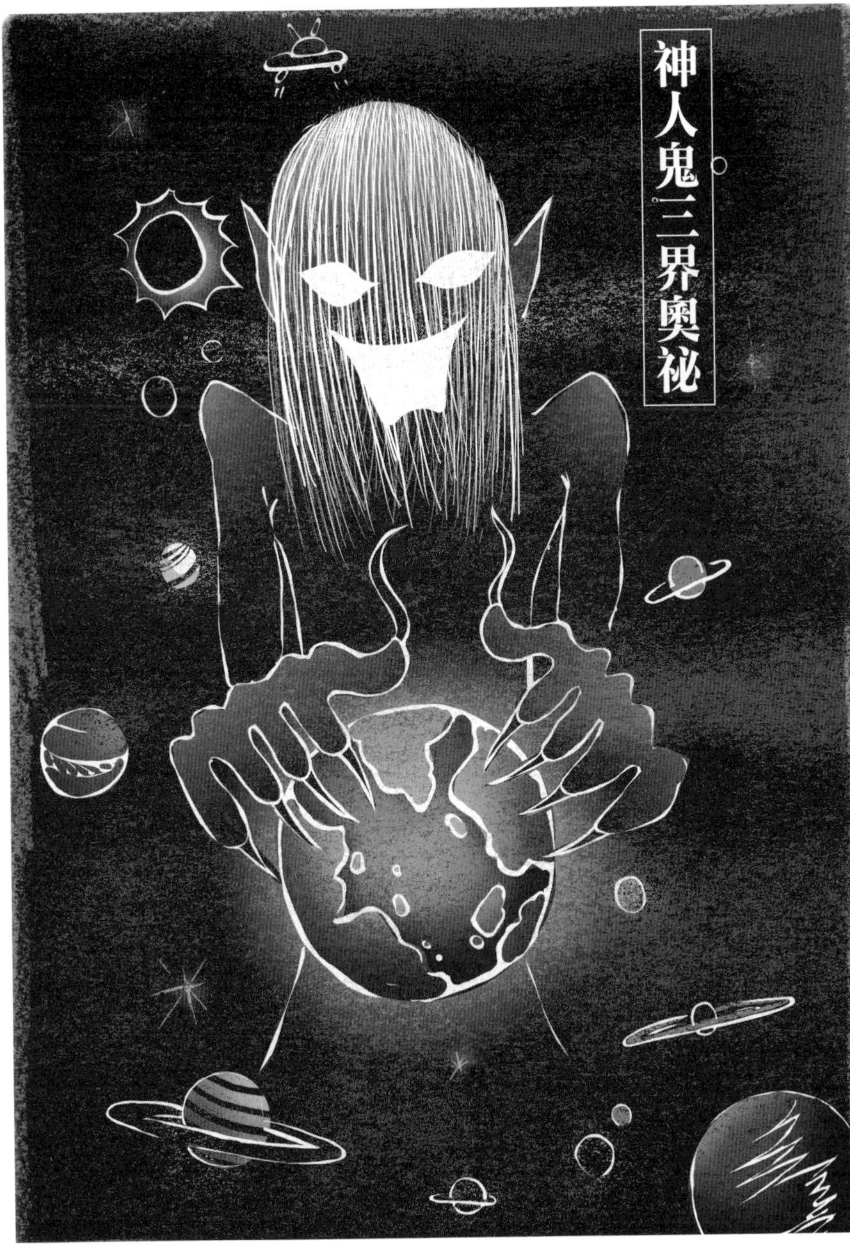
神人鬼三界奧祕

「鬼」這個字眼兒，在中國古代的象形文字裡，是個尖著腦殼，拖著兩條長腿，飄飄蕩蕩走在田野裡的玩意兒，《毛詩》、《韓詩》、《易經》……許多古老典籍裡，也多次出現過。孔老夫子比較慎重，遇上超現實不可知的事物，他就來個「子不語」，他心裡原有天地鬼神，但他不願強不知為知，他用人本的精神，力勉後世，在世為人，先得把人給做好才是根本，他曾說：「不知生，焉知死？」也就是說，充分了解生命，煥發生命，才是君子的本務，空談鬼神是無用的。

一般人談到鬼，各有不同的反應，有些人確信世上有鬼，有些人將信將疑，有些人根本不信，他們認為在科學高度發展的今天，談神說鬼，根本就是迷信，我不知道你是屬於哪一種人？

天界：絕對宇宙

我們生為萬物之靈，要探索神、人、鬼三界的奧祕，首先要具備下列四項認知：

1. 浩瀚的宇宙觀。
2. 宏大的世界觀。

3. 正確的人生觀。

4. 透達的輪迴觀。

從整個宇宙來看，東西方的聖哲，很早就發現宇宙是多重的，道家的無極生太極，釋家的性與相，足以說明太虛（非物質的精神宇宙）創造了物質世界（恆河沙數星球），太虛的絕對光，形成絕對宇宙，而星球的物質體和絕對光相融，便形成相對宇宙。

人類最初看到的相對宇宙，是萬星羅列的銀河系，等到伽利略發明了天文望遠鏡，可以看到銀河系有上百億的星球，有上億個和太陽系同等的運轉星系，按天文學術語，把它們歸納成一個「島宇宙」——就像一個島群，飄浮在無限太空。

幾十年前，美國加州的天文台已經發展到裝置二百吋的天文望遠鏡，可見到等於十億個銀河系的「島宇宙」，每個「島宇宙」的間隔，動輒百萬光年，而這只是無限宇宙中一小部分，我們知道，光速每秒十八萬六千三百哩是不變的，絕對宇宙的浩瀚，實已超出地球人類的想像。

絕對宇宙是自生、永存、萬智、萬能的，我們稱它為天界、神界，萬能的無寂光，把混沌的宇宙形成無數星球，按天律作規則性的運轉，這就是天律的奧祕。

人界：物質世界

我們所稱的「世界」，是以地球人類能夠感覺、經歷、認知的極限，這「世界」是以人類性靈、理智高度發展而不斷拓展的，但它終難超脫「相對宇宙」中的「相對」法則，像時與空、正與邪、生與死、人與鬼、陰與陽、靈與肉、因與果、天堂與地獄……一切都在相對並且循環，人類不滿於這種自然法則的局限，所以宗教家、哲人、文學家、科學家、靈學家，累世興起，都想藉不同的途徑，使靈魂「跳出三界外，不在五行中」，回歸絕對宇宙。

東西方的聖哲，體驗人生是「性」與「命」相融的，性（一點靈光）原從絕對宇宙而來，而「命」是父母精氣，環陰抱陽而孕生，人生時，一元二用，人死時，靈肉分離，佛家所謂的「中陰身」，包著神、智、慾三心離體，就是陽世所稱的「鬼」物了。

我們常說，天地父母生我於世，做這一世人，道家希望人要知天、知人，儒家希望人要以高度人本精神，努力上達，儘量向內聖外王的境界去攀登，佛家謂人有三心：神心、智心、慾心，五身：肉心身、中陰身、慾心身、智心身、神心身，人在世上，要恪遵天道，盡心修為，我們惜生，以德行發皇天道，而不是貪生逞慾，反而傷生害人，人死後，靈魂如不能清淨，就無法飛升天界，罪輕的，便轉入各道輪迴，罪重的，難免墜入各層地獄，飽受各種苦楚了。

我一本正經的講這些，也許有些人又要指我是迷信了，那麼，科學的本質又怎樣呢？舊式自然科學的研創、求取：觀察、實驗、證明，而觀察、實驗都要用「眼」做為工具，人要是沒眼，也就產生不了自然科學了，釋尊在《金剛經》裡說，祂有五種眼：肉眼、天眼、慧眼、法眼和佛眼，而科學家和我們一樣，只有肉眼而已。

肉眼是物質眼，非但只能見到物質，而且只能見到物質世界的絕小部分，普通人的眼，從三千九百光波的紫色，逐漸上升到藍光、綠光、黃光、紅光，三千九百光波的紫外光和一萬光波以上紅內光就完全看不見了，因此，科學家逐漸了解到，宗教、哲學、文學和靈學，都走在他們的前面，英國的大科學艾寧頓說過：「所謂科學，只是一個外殼或形式的象徵，它只講求物質世界的外表，並沒能揭示它真正的內容，它的內容是精神意識的資料，這正是物質世界最深的根柢，可惜一般物理學的方法達不到那裡。」大物理學家哈定說得更徹底了：「物質世界，過去被認為盲目機械的，實際上，它是沒被認清的精神世界……心和人格才是宇宙的中心。」

這也就是說，自然科學受到很多限制，已過去的東西無法觀測，未來的東西同樣無法觀測，它只能掌握現在，所謂科學成果，也可以稱之為此時此地的事實真理，科學家們僅能見到宇宙的一層，永恆的一段，他無法了解整個宇宙，也無法了解全部人生。

所以，我個人主張宗教、哲學、文學、靈學、科學各界，不要再「各是其是，各非其非」，而要相互尊重，緊密配合，發揮高度的良性影響。不可否認，近代科學突飛猛進，確為人類現實生活作出相當的貢獻，但新舊唯物觀也曾使人類的生命價值受到嚴重貶抑，心靈活動受到太多局限，使人類苦悶迷惘，反常而混亂。

人鬼交通的時代就在眼前

莊子在〈齊物論〉裡說：「方生方死，方死方生」，闡明在相對宇宙裡，一切事物都在循環變遷，人死變鬼，鬼再投胎變人，本是自然之理。在現代人世，靈魂學已經成為迎向未來最重要的學問，歐美許多大學，都設有靈魂學系和研究所，很多國家都有靈學社。宗教和靈學，很顯然的走在自然科學的前面，鬼的驗證書籍太多太多，人鬼交通時代就在眼前了，你還痴頑固執，不信世上有鬼嗎？

在講鬼故事之前，我不能不談一談我的「鬼學」，否則，你們不譏笑我是走江湖賣鬼的郎中才怪呢？

鬼界探奇

地球是相對宇宙當中的一個小點，地球人類都在相對宇宙的法則裡面，佛家說：「諸行無常，諸法無我」，人有生老病死，物有成住壞空，構成生生不息的循環，這就是無常。

靈魂變鬼，是自然的事

因此，人死後，靈魂變鬼，是很自然的事，就好像淨水凝結成露珠，留在草尖樹葉上，閃閃發光，太陽一曬，露水被蒸發掉了，升空變成雲，雲裡的水份多了，再變成雨，降落地面。但是，含有汙染的水，陰電荷比較多，增加了重量；所以，汙水會下降到土層去，形成「輕升濁降」的現象。同樣的，大氣也是如此，我們拿這樣的物理現象來比映人的靈魂，大家就會明白，人的靈魂，原是從絕對宇宙來的光粒，因為住進人體久了，受到肉體慾心的汙染，變濁變重了，死後無法像潔淨露水那樣升空，所以，在世上的人，才講究道德修為，持戒精進，他們盼望脫出腐壞的肉身，重獲自由。

世上的人，活著的時候境界不一樣，俗說：「人上一百，形形色色」，又說：「一樣米，養百樣人」，死後做鬼，所得的待遇也就大有參差了。

凡是成佛成道修得正果的人，靈魂清淨光明，就能上升到各重天界，脫卻輪迴之苦，最高層次的，有所謂大羅天仙、諸天菩薩、逍遙散仙、地仙和靈鬼，中等層次的是常鬼，也就是轉輪鬼、往生鬼，下等層次的像餓鬼、惡鬼、地獄鬼，按照古老的《玉歷寶鈔》一書裡的形容，地獄共有十八層，一層比一層黑暗，像陰山背後的「無間」地獄，被囚的靈魂就「永世不得超生」了。吳道子所繪的地獄圖，是一個大畫家運用他的靈思，發揮他高度的藝術想像畫出來的，給人一種驚心怵目的立體形象。

在古老的年代，東方的聖哲都相信宇宙多重，即使在相對宇宙，也分神、人、鬼三界。西方的大哲學家像畢達哥拉斯、蘇格拉底、柏拉圖、柏綠蒂等人的看法，也都和儒、道、釋三教的觀點很接近，那時的自然科學和今天無法相比，但他們全憑本身靈慧的感覺和體悟，領略了宇宙的奧祕。

到了十九世紀，新舊唯物主義倡行（從文藝復興到十九世紀前期），這種唯物思想體系最早的創始者應該是英國科學家培根（一五六一～一六二六年），他認為：「世界真實存在的東西，只有兩種，一是物質，一是力能，物質必定占有空間，力能（即運動）必定占領時間，凡是不占時空的，都屬於不存在。」

這樣一來，儒家的「人本主義」變成了科學的「物本主義」了，原先東西方有性靈的「心」，被生理物質組成的「腦」給取代了。達爾文寫了《進化論》，否定人是上帝創造的，賀爾伯克更認為「所有宗教對人類都有害」。整體來說，唯物主義推翻了早期的感覺論和經驗論，講究現實的知識發展。當時許多自然科學家，都受到它的嚴重影響，連所謂的「心理學」，也都局限在生理學範圍之內，變成「沒心的心理學」。

嚴格說來，這一套唯物思想的猖狂，實在是人類最大的悲劇，他們只是以「地球經驗」、「物質現實」為本位，認定所有生物都是物質機械，談神論鬼，都是腦波的反射而已。

還算託天之福，十九世紀後期，德國的科學家芮曼首先創發出「球面幾何學」，愛因斯坦拿它來說明物理現象，創發了「相對論」，哲學家康德把人類的直觀形式，增添了主觀性，於是，心、物一體的論點又復活了起來。時至今日，靈學的發展，已經和宗教、哲學、科學緊密配合，鬼神之說，再也不是迷信了。

陰曹地府究竟在哪兒？

說到鬼界，也就是中國所稱的陰曹地府，究竟是什麼樣子？中國人多半會想到《玉歷寶鈔》裡形容的，有地藏王菩薩，有十殿閻羅，有判官、鬼王鬼卒和牛頭馬面、勾魂使者、黑白無常等等，在黃泉路上，有鬼門關、望鄉台、惡狗莊、奈何橋、血汙池、孟婆亭等等，在地獄裡，有刀山、劍林、炮烙、拔舌、油鍋、拉鋸……諸多刑法，但是，在歐美各國卻沒有這樣的記載，因為，這只是人的想像，脫不了以人擬鬼的窠臼。

那麼，陰曹地府究竟在哪兒？它和地獄是不是在一起呢？我們中國總把陰曹地府看成是「酆都城」，那是長江三峽起點的第二站。那小小的縣城建在山頂上，常年被雲霧圍繞著，那裡有幾處年代久遠的古廟，供有地藏、閻羅和陰司吏卒，在後山有天然的洞穴，深幽沉黯，洞裡也有著石刻和典藏。由於民間古老傳說，酆都城就被當成陰司神祇駐在的地方，充滿傳奇色彩。當地的人也煞有其事的說，酆都是上午陽，下午陰，人和鬼雜處，很難分辨出來。酆都人擺地攤賣東西，旁邊都擺了一只水盆，有人來買東西，付錢的時候，地攤主人總要先把錢投在水盆裡，如果錢沉進水裡，那對方是人，如果銅錢漂在水面上，那對方是鬼，東西不賣給牠。又說，後山洞穴裡，有一面很大的銅鏡，你對著那銅鏡走過去，能看見已死的親人，不過只能正面看那麼一眼，再看就不靈了。

宗教家的輪迴觀點

不過，這類的傳言，也只能當成故事聽一聽，在西方的觀念裡，人死後，靈魂並不受一個有組織的陰司嚴格管轄，而是受到相對宇宙天律的支配。有一些司天命的超靈，會從靈魂受罪與慾汙染的情況，它的光度和重量，決定它在另一度空間應得的待遇。根據佛家的看法，陰司是在地面上的虛空之中，而地獄才在地表之下。

這些管理宇宙律的「超靈」，我們把它稱為神明，事實上，它是宇宙無極神光的一部分，也是自存、永生、萬智、萬能的全宇宙獨一大神的靈智。民間為什麼把「神」稱做「神明」呢？因為這些超靈全是光明，佛家所稱的空，應該說是光空，各宗教都曾認識到「光就是上帝」，就是「道」，就是「天」，就是「大一」，因光是不斷、不隔、不分、不異的，人的靈光、鬼的靈光和神光原為一體，只是光度的強弱靈動有所參差而已。比如：鬼靈是弱光、幽光，人是常光、智光，地仙散仙是靜光、真光，上仙是真光、慈光、聖光，上帝是無寂光或永光（絕對光），絕對宇宙像一片光明的大海。

按宗教家的觀點，人的生死輪迴，只是小輪迴。星系的分解和重建，是中輪迴。整個相對宇宙的大撞擊和重組，才是大輪迴。

凡夫俗子的肉眼無法見鬼

事實上，地仙、靈鬼和常鬼的靈子（或可說生命靈素），是隨處飄游，無所不在的，這些靈子遠比人類的數目更多，也許就在你身邊的空氣裡，只是你肉眼看不見罷了。人很少見鬼，是因為彼此電波頻率不一樣，凡夫俗子的肉眼，視覺範圍太有限，有少數人見鬼，是因為命盤輕，氣衰體弱，走霉運，或者靈動性比較強，也有的因為作孽多，被陰魂纏繞，也有的是親人報訊，或是鬼報恩仇，也有的是陽世正直，鬼來訴請申冤理屈。人所能見到的鬼，多半是「中陰身」還沒散的新鬼，凝神為形，現於一霎之間。至於沒修過煉形術的老鬼，根本連「虛形」也現不出來，只有藉作靈媒、巫童、扶鸞、碟仙之類的交通管道，間接和人類溝通了。

以上所說的，都是地仙、靈鬼和常鬼，以及少數惡靈和惡鬼，至於已經打入地獄的惡鬼、餓鬼，和人類溝通的機會就少之又少啦！

趕路人大戰煉形鬼

常鬼現形，全係電波產生的熱能，有些人看到白糊糊的鬼影子，剎那一現，眨眼就不見了，其實，鬼魂只是把大氣當成螢光幕，那鬼影子並非真的鬼，它是在真與幻之間。有些鬼魂。想使自己的幻影固定，就跑到亂葬崗去，撿拾死人的牙齒，想藉著骷髏的骨質，煉成一種使形體如人的本領。傳說有個人趕夜路，走到天快亮的時刻，忽然在路邊的草地上，發現一個老藍布的包袱，他覺得很奇怪，便把它拾起來，打開一瞧，那裡面裝滿了死人的牙齒。趕夜路的人很有經驗，他一看，就知道是煉形鬼放在這兒的。通常，煉形鬼多半是惡鬼，用煉形術迷人或害人的，他心念一動，就把那包袱裡的死人牙齒，全都扔進水塘裡去了。

過沒一會兒，有一個沒牙的老太婆，急急衝衝的趕過來，在路邊草叢裡找來找去，抬頭看見過路的人，便問說：「噯，過路的客官，你可曾看見我放在草地上的包袱？」

「噢，老太太，」過路的人說：「我沒看見什麼包袱呀。」

「哼！」那老太婆說：「這辰光，沒旁人過路，準是你拿了我的包袱，快還給我，若是不還，我會要你好看！」

「唉，老人家，不要那麼凶嘛！」過路的人說：「不信妳搜，我身上哪有什麼包袱⁉」

「準是你藏起來了，你是存心戲耍老娘，壞我的大事。」那老太婆說：「你再不拿出來，可別怪我不留情面了！」

「我沒拿就是沒拿，」過路的人說：「妳要怎樣對我，妳就放出手段來好了！」

「哼！死到臨頭了，你還嘴硬！」那老太婆把頭一搖，立即變成一具披頭散髮的殭屍鬼，伸出利爪來，撲面就朝過路的客人抓將過去。過路的客人一想，事情業已臨到這步田地，伸頭也是一刀，縮頭也是一刀，乾脆拿命來拚了！

那惡鬼力道很猛，但身子並不靈活，過路的人閃躲騰挪，以輕靈取勝，說著說著，兩人就已經鬥了七八個回合，過路的客人年紀輕，越打越有精神，反過來看那惡鬼，氣喘吁吁，步法散亂，最後被過路客人當胸一拳，把形身打散了，變成一綹青煙，貼地飛走了……

由此可見，陰司的法條雖嚴，但惡靈和惡鬼仍然能成為漏網之魚，在世上煉邪術，作惡害人，無怪乎《聊齋誌異》的作者蒲松齡，感慨系之的說出「人神一體，陰陽一理」的話來了。

無惡不作造成一座活地獄

不過，打入地獄的亡魂，可是極不容易逃脫的。在陽世罪大惡極的靈魂，得要忍受各種酷毒的刑罰，求生不得，求死不能，連向人訴苦的機會全沒有，人生的諸般苦楚，比起地獄的苦楚來，簡直是小巫見大巫，微不足道啦！

古代歐洲的大詩人但丁，曾在他動人的詩章裡，詳細的描寫過地獄的景況，其實，地獄和天堂，都早已留在人心裡面。如果你生時無惡不作，你所做的殺、盜、淫、妄，你的懊、悔、怨、恨、恐懼，已造成一座活的地獄，像古書所形容的六寒、六熱、無間、阿鼻地獄，那裡只有無窮的酷毒，永遠的黑暗……你認為在世上修真行善的全是痴人嗎？

形形色色鬼界大觀

我們在現代生活裡，講究生活調劑，看電影是很平常的事。電影裡有許多「鬼片」，一是外國片，一是國產片，外國片的故事很精采，演員的演技純熟，氣氛也營造得很好，有相當逼真的恐怖效果，但題材的類型變化不大，多半是：

1. **古堡殭屍**。那些殭屍鬼的造型，可說是大同小異，臉色凝冷蒼白，穿著古代貴族的服裝，兩支狼牙露在唇外，他們喜歡和女士談情說愛，到了緊要關頭，露出猙獰面目，扳著女士細嫩的白頸子，咬下去活吸人血。

通常，這類的殭屍多少有些魔法，可以和教士對抗，他們夜晚非常活躍，魔力無窮，但到雞啼之前，必須要回到棺木裡去，如果人們能在大白天找到他們葬身之處，用木釘釘進他的心窩，他就完了。

2. **邪靈附體**。像歐洲片的「大法師」，一個女孩子突然被邪靈附在身上，施展出許多恐怖的邪術，但在教士、《聖經》、十字架的鎮壓下，畢竟「邪不勝正」，結果仍被降服。

3. **利用鬼靈，傳述「前世今生」，揭現若干奇妙的「因果關係」**。

4. **惡鬼設陷害人**。惡鬼造成種種迷人的陷阱，誘人墜其殼中，造成諸多恐怖情境。

至於國產片，有一部分是出於《聊齋誌異》或同類的書籍，而大部分都是描繪殭屍的。各部名稱不同的殭屍片，已經成為固定的類型，產生不出新的變化來，連愛看鬼片的孩童，也能娓娓道出殭屍鬼怕些什麼東西，像糯米、魚網、墨斗、靈符、桃木劍、道法等等。人要遇到殭屍，要暫時停止呼吸，把他騙開，再設法逃命……

其實，在中國古老傳說裡，鬼的類型簡直太複雜了，鬼故事的記載，很多部大卡車都裝不完，電影、電視題材，拍一百年都拍不完，普世講鬼，沒有哪個國家能和中國相比，只可惜編劇開發得不夠，很多戲演得也太馬虎，表演更乏善可陳，說來是糟蹋了古人。

說到中國鬼的類型，真箇是洋洋大觀，可以成立一個普世最大的「鬼類博物館」呢，舉例來說吧：

當差輪值的吏鬼

這類的鬼，都是在陰司當差輪值的，也可以說是「鬼官」。通常，這些鬼官都是閻王爺查考祿籍，下令指派的。從古到今，沒聽說陰司有「選舉」這回事，可見陰間群鬼不准有「鬼意」，否則，今天遊街，明天示威，後天鬧監、大罷工，閻羅王只好辭職啦。

吏鬼裡頭，職份高的，像判官、城隍、土地公，本來都是鬼，因為有了差使，勉強列入神班，成為陰司的神祇了。再下來是牛頭、馬面、黑白無常、勾魂使者、鬼王、鬼卒，這些都是有實缺的「常差」。因為中國的地方太大，每秒鐘都有人出生和死亡，常差不夠，閻王會臨時調派一些陽世的人，按時去陰司「出陰差」，陽世的人如有極大事故，要過陰去面稟閻羅，該怎麼辦呢？民間有些巫、道、香頭，和一些具有特異功能的人，可以充當「靈媒」，溝通陰陽兩界的靈媒，非但中國有，像東亞和歐美各國也都有的。

中國有句俗話說：「閻王好見，小鬼難纏」，在許多傳說故事裡，這些吏鬼都是冷面無情的，他們頭上生著雙角，耳後長出紅毛，那個鬼王更是高大凶悍，腰圍虎皮裙，手執鋼叉，真是臉如藍靛，牙像劍戟，眼似銅鈴。有些小鬼被差到陽世，拘押將死者的魂魄，喪家往往會燒紙化箔，設奠招待，希望他們手下留情，讓將死的人苟延殘喘，多留上一會兒，而這些鬼差吃人家嘴軟，拿人家手軟，也都會拖延一刻兩刻。

人氣十足的靈鬼

拋開成仙得道，在陰司被當成過路貴賓看待的地仙不算，人死後若能當上「靈鬼」，那可比做人更要無牽無掛，快活得多了。靈鬼自由飄蕩在半虛空裡，閻王不管他們，他們愛聚就聚，愛散就散，有的去到廟裡，替諸天神佛打打零工，有的無慾無求，藉著適合的人鬼交通管道，跟陽世的人們打打交道，如果修為得法，他們也能升成地仙，可說是有厚望焉。一般說來，靈鬼在世為人時，多是廣行功德，攝心修為，本質純良，做人是善人，做鬼也是善鬼，但他們形神雖已分離，仍然人氣十足，因此難以位列仙班。

人和靈鬼接觸的事例很多，大多毫無傷害，有些靈鬼生前是飽學之士，常在月光之夜，現身吟哦，《聊齋》裡月下唱詩的鬼魂，本身就充滿詩意，有些靈鬼愛和人談玄論道，若干扶鸞的鸞壇，也經常留有他們的詩文。

有一天，我坐了一輛計程車，到台北佛光道場去演講。我看那位司機黃先生臉色蒼黃，沒精打采，而且有些陰氣，就關心的問起他。他說，幾年前，他去墳墓山散步，曾坐在一座新墳的墳頭上，他看了墓碑，知道是一位退伍的上校，姓陳。他服過兵役，很感慨時光飛逝，當年這些在前線出生入死的人，轉眼就老死在島上了，這位陳老伯在幽冥定很寂寞罷？

「說也奇怪，我當時心念那麼一動，就起身回家了，一踏進門，渾身打了一個寒噤，就覺得有一股冰涼的氣進到我身體裡面，而且跟我說話。奇怪的是，他說話，只有我能聽到，旁人都聽不到。」

「他都說些什麼呢？」我好奇的問黃司機。

「他說：『小黃，你的心地很善良，是個可造之材，我在陰間，閒著也是閒著，從今天起，我就把你當親人看待，我要教育你成材成器。』我說：『老伯，感謝您的好意，可能您是看錯人吶。我只是初中畢業，現在已經卅好幾，為了養家活口，不得已開計程車過日子，每天要勞累十多個鐘頭，夜晚回來，人累得像泥巴一樣，只怕您白費工夫罷了！』他說：『人要有恆心，有志氣，才會有遠大前途，你聽我的話，好好學，包你會出人頭地。』」

黃司機又接著說：「這一下可把我弄慘啦！每天早上天沒亮，他就來叫我起床，教我打八段錦，練書法，開口閉口『天將降大任於斯人也』，還教我讀四書五經，要我去『反攻大陸，完成革命』，他把他當年所學的一套，強加在我身上。您想想，我每天開車十多個鐘頭，早晚還要當他學生，可不把人累死!?……他附在我身上已經五年啦，我明白他完全沒有壞意，但折騰人也夠瞧的啦！」

「哇，這個靈鬼也太執迷啦！」我說：「死掉做鬼都忘不了革命。」

「就是嘛，每天一早，他就大聲在我耳邊唱：反攻，反攻，反攻大陸去，我拿他有什麼辦法!?」

由黃司機這個例子，可見靈鬼雖無害於人，但還是敬鬼神而遠之比較妥當，一旦惹鬼上身，真正吃不了兜著走呢。

往生轉輪的常鬼

常鬼也可說是轉輪的鬼魂，一般人看見的鬼，很多都是常鬼，尤其是家屬、親人、知心朋友，因為常鬼戀親朋的習性和陽世人一樣。

鬼無體無形，靈動性很強，一般人見到鬼，都是恍恍惚惚的幻影，但有些家畜能夠見到人看不見的鬼靈，比方狗和驢子，但凡附近有人要死了，狗就會朝天長嚎，人把它叫做「狗哭」，那聲音淒淒慘慘的，真像嚎哭一樣。有人騎驢子走夜路，一走走到荒涼的亂葬崗子附近，綠熒熒的鬼火亂滾，如果驢子停下來，豎起耳朵，兩眼發出綠光，那附近必定有鬼。

常鬼不會害人，尤其對親人朋友，更有人鬼相親的溫馨感覺，陽間的人如果想念亡靈，心的電波射出去，鬼立即會感覺到，更會做出種種反應。下面我舉幾個例子來說：

十多年前，我家住台北東區的吳興街，我太太常跟我談她童年的事。抗戰勝利後，她舉家由四川重慶還都金陵，在南京的武定門租賃房子居住，那是一幢深宅大院，一共有五進房子，她家住在第四進，前面有家鄰舍葉老先生，葉老的女兒跟她是好玩伴，葉老對我太太也很愛護。民國卅八年，葉家先來台灣，我太太後來也從軍來台，一直沒見到過葉伯伯。一過過了幾十年，聽說葉老病逝了，就葬在六張犁的山上，山上墳墓這麼多，地方又大，要去找一個人的墓，可真不容易。有一天夜晚，我太太突然心血來潮，感慨系之的提起葉伯伯諸多好處，並說很想去他墳前祭奠，可惜到哪兒找到他的墓啊！

當時，我們全家都有在假日清晨爬山的習慣，正好第二天是星期天，我們夫妻一大早就帶著孩子爬山，走到半路上，我突然動念，指著一條路說：「嗳，今天我們走這條新路，好不好？」大家都說：「好啊！」於是，我們就走新路，那條山徑比較陡，爬起來很吃力，氣喘吁吁的爬到山頂，抬眼一望，山下就是六張犁公墓。我們覺得好累，看到樹林邊也有一座墳墓，圍牆很乾淨，大家就下來歇一歇，我太太轉臉看見墓碑，不禁驚叫起來，原來那座墓裡埋葬的，就是她昨夜想見到的葉伯伯……世上事會真的這麼巧嗎？冥冥之中，定有鬼靈的牽引。

我的一個姓王的女讀者，親口告訴我，她是家裡的獨生女。她三歲的時候，爸爸就病逝了，火葬後，把骨灰罈子寄在北投山區的靈骨塔。當時，她曾跟外婆、媽媽去寄骨灰，腦子裡有些朦朦朧朧的印象。當時，媽媽在辦完喪事不久，就帶她回苗栗外婆家去住了。她在苗栗長大讀書，念初中時，媽媽也病死了，就葬在當地，她心裡老是想念著爸爸，但當時年紀小，也無法單獨到台北去找。一過過了很多年，她專科畢業，找事找在台北，她便在每個假期，跑到北投附近去找爸爸的骨灰罈子。幾十年的變化太大，當年收放靈骨的地方，早已改建新房新塔，跟印象裡的景況全不一樣了。她詳細找過很多次，全沒找到，心裡難過得要死，但她仍不肯放棄。有一個假期，日暖風和的日子，她又跑到那裡去，迷迷糊糊的沿著草地朝後山走。那裡荒草迷離，小路邊堆滿人丟棄的雜物，看樣子，已經在收放靈骨地方的範圍之外了，她正想回轉身，忽然看見斜路走上來一個人，看來是個中年的男子，穿著土黃襯衫，手裡提著一個放香燭的布袋子，直朝更荒的後山走去，她一想：「嗯，也許後山還有寄靈骨的地方吧？」於是，她就跟著那個人，繼續朝山上走，走著走著，她覺得有些暈眩，眼裡出現了奇異的景象，白花花的太陽光在草尖和樹葉上跳動，閃出很多彩色的暈輪，那個穿黃襯衫的男子也不知走到哪裡去了？她只看到矮樹叢那邊有紙灰在飄，她強自鎮定走過去，看到一座破舊的木屋，旁邊有個焚化紙箔的小磚塔。她走到木屋門口，發現裡面有一排木櫃，櫃裡都是古舊的骨灰罈子，她撲過去，眼睛正對著的那只骨灰罈子，就刻著她爸爸的名字，她眼淚直流，猛地跪倒，當真昏了過去。還是那黃衣男子把她拍醒的，那人告訴她，這是早先放靈骨的原址，改建後，向山腰移了，有聯繫的靈骨都移奉過去了，失去連絡的靈骨就留在這木屋裡。那人說：「我也是最近才從海外回來找到我爹的，正在辦移奉的手續。」由此可見，心誠則靈，異象和巧合只是引子罷了。

非自然死亡的凶死鬼

凶死鬼有許多類型，從理論上看，凡是非自然死亡的，都算是凶死。有人死於天災，像風災、火災、水災、震災，還有交通事故、意外災害，雖然是造化弄人，但這些鬼魂在幽冥的待遇，大體和常鬼沒有兩樣；有些是死於人禍，比如説被戰火波及的無辜平民，被敵人捉去凌夷而死的百姓，被歹徒殺害的冤靈，有些是為私慾殺人而伏法的惡人，有些是為國犧牲的義士，這些鬼魂所得的待遇，本各不同，而自殺的鬼魂所得的待遇，也要比常鬼差上一大截。

古早時刻，自殺的總以女性為多。那時社會風氣不開明，男尊而女卑，受氣不過，就想用死解脱，像：上吊的、吞砒霜的、跳井的、投河的、吞金的、喝鹽滷的，如今自殺花樣更多咧，有跳樓的、吃安眠藥的、開煤氣的、割腕的、咬舌的、臥鐵軌的，傳説陰司對這些不惜生的鬼魂，雖抱有惋惜，但仍然罰他們必須找到替身之後，才能再轉世為人。

在凶死鬼裡面，為公而死的算是忠烈義靈，犯殺戒而伏法的都應是地獄鬼，討替身只能迷惑犯有惡孽的陽世人，對正人君子，他們根本無法用強。只有屈死冤魂，比較來勢洶洶一點，本來嘛，有冤報冤，有仇報仇，也正是天理循環的體現，要不然，惡人永遠不得果報，善人永遠遭殃，世界也就不成世界了，神界裡還有「怒目金剛」呢，何況鬼乎！

民間傳言，火燄低、身弱多病的人，陰氣較重，命盤輕、走霉運的人，也容易碰到鬼，俗說：「見到大鬼害場病，碰上小鬼沒有命」。一般人看見鬼，受到極大的驚嚇，或是發寒發熱，或是走魄迷魂，雖說不死，也要塌層皮，但是，有德性、有道行的人看見鬼，不是來求情就是來訴冤，卻一點事也不會有。此外，練成天眼通的人，看鬼像看人一樣多，心裡也不會懼怕，至於靈媒，根本做的就是人鬼之間的媒介，他們更沒什麼好怕的了。

根據古今無數見鬼者的經驗記載，鬼現形，現出的形像也就是他們死時的模樣，有老有少，有男有女，有妍有醜，性格也和生時相同。

果真如此的話，那凶死鬼的樣子，就比壽終正寢的常鬼可怕得多了，不是嗎？死於兵凶戰危的鬼，斷頭的、跛腳的、缺腿少胳膊的，死於自盡的鬼，七孔流血的，頸上拖繩、伸出長舌的，渾身腫脹潰爛的，如果有那樣的鬼魂站在你面前，你不嚇得魂飛膽裂才怪呢！我小時候，最怕傳說裡的「紅衣女鬼」了。那是吊死鬼裡最凶的，有詩人形容她「練拖三尺白，血染一身紅」，她的長舌頭一直拖到胸口，兩隻眼珠暴凸在眼眶外面，她手裡的法寶就是那根上吊的繩索，美其名為「如意環」或叫「極樂帶」，假如有人生出輕生之念，那就會變成她的好「客戶」嘍！

毫無人性的殭屍鬼

說到殭屍鬼，不但你們害怕，連我也會頭皮發麻。一般人都還有人性，唯有殭屍毫無人性，牠真是個「機械唯物主義」的體現者，根本就是機器鬼。你碰到旁的鬼，還有討價還價的餘地，一碰上殭屍，那可是「秀才遇見兵，有理講不清」。不過，這種情形，只有「初級殭屍」才會有，當牠吸了日月精華，有了靈性，修煉出一套魔力來，那就更難駕馭，一般人遇上牠，很難脫出牠的魔掌了。

殭屍裡面，也分很多種類：

第一種是**走屍**，人剛死，靈肉分離之際，恰巧有雞貓狗鼠之類的動物經過，屍體受到牠們身上電力的牽引，產生了坐起、站立、移動、追逐等機械性的動作，活著的人驚嚇過度，愈想奔逃，殭屍追得愈急。其實只是電力的牽引作用，正像熱導彈追逐飛機一樣，遇上這類的「走屍」，你只要急轉彎，或利用一棵樹遮擋，當「走屍」抱住物體時，就會殭立不動，再沒有什麼能耐了。

第二種殭屍，民間把牠名為「**蔭屍**」，那是人死入葬，被埋在地下，受到地理風水的影響，屍身乾縮不腐，並且生出不同顏色的毛來，在古今傳說裡，有白毛殭、紫毛殭、黃毛殭、金毛殭、綠毛殭等等，不同的毛色，大體上都和金木水火土五行之氣有關。不過遍體紅毛的殭屍，已經變成魔力極大的鬼物，民間稱牠為旱魃，凡是某個地區，赤日炎炎的鬧大旱，人們相信都有旱魃在作怪。

這些蔭屍通常都是有知覺、有靈性的，而且經過長時間的修煉，牠已具有相當程度的魔法，能在夜間出墓活動。蔭屍之所以能有知覺和靈性，實在是因為死者的靈魂迷戀屍體不走，仍然住在已死的肉殼子裡面，有些殭屍本身的靈魂早已脫殼飛走了，別的魔靈趁虛住了進去，借屍作怪，房子住老住破了，再換一個新屍體住進去。

歐洲的殭屍片描繪殭屍吸血，把牠叫吸血鬼，那是很合乎科學觀念的，因為殭屍是有形有體的東西，需要增加營養和熱能，才能維持牠的活動力，不單是歐美殭屍會吸血，東方的殭屍也都吸血。

在中國歷代傳說裡，殭屍多會在滿月的夜晚出動，攝取墓地附近村落的雞鴨，吸取牠們的鮮血，再把雞鴨的屍體扔棄掉。如果有些村落，雞鴨無緣無故的失蹤了，又在河川旁、荒地裡找出牠們屍體的話，十有八九，是附近墳崗中藏有殭屍了。

也有少數的殭屍，是吸飲人血的，牠們用蠻力撕開人的頸項，瘋狂吸血，弄得被害人屍身狼藉，遍地是血，有的還把人頭抱回墓裡去，吸得過癮呢。

中國人對付這類的殭屍，通常是用鐵屑、糯米、黑豆、墨斗、掃把、魚網、符咒、火器來對付牠。據說殭屍身上溢出的血，都是黑色的，當然，最好的方法，是在白天從墓裡找到牠，用魚網網住，把牠抬到乾柴堆上，點火焚化掉。

第三種殭屍，牠的本領更大，牠兩脅下面生有蝙蝠一般的肉翅，夜晚來時，牠會展開雙翅，像夜遊的惡鳥一樣到處飛行，人們把這類殭屍叫做「**飛天殭**」，牠不單吸家禽和人的血，更愛吸食嬰兒的腦髓，為害地方極大。其實，這類殭屍已經是魔性極高、秉性惡毒的精怪，若不是具有極高道法的人，是根本捉不住牠的。

第四種是屍體已經腐化、僅剩下白骨骷髏，但也能成精作怪的，人都管牠叫「白骨精」。有時是全身完整，自己能走的，有的只是一顆滾動的骷髏頭，這只能叫它做「骨殭」，在長江以南的山區叢林裡，記載過牠們出現的故事。

第五種，叫做「流殭」，牠們並不是出墓作怪那一類型，有些人家開棺撿骨，竟然發現棺木破損，屍體不見了，而地下出現地穴空洞，順著空洞一路挖掘，有時候，屍體竟然跑到離原葬處幾十丈遠的地方去了。鄉下人缺乏知識，遇上這等情形，難免大驚小怪，其實，地下層的土壤、泉水都有很多變化，屍和木棺移位，本是自然現象。

千變萬化的煉形鬼

人看到的鬼，朦朧飄忽，那只是鬼魂現形、顯影，人所見的形象並不是固定的，因之，在鬼道之中，便有所謂的「煉形」之術，學會了煉形術的鬼靈，能夠主動的現出固定的形象來，而且所現的形象能隨意的變化，或者變得很高大，或者變得很矮小，或者變得千嬌百媚，或者變得奇醜無比，或者只露出身體的一部分，像在牆壁上現出一張圓桌般的大臉，兩隻綠眼像碗樣大，逐漸變小、變小，再縮回牆裡不見了，或者你夜晚坐在草地上，面前現出一張鬼臉，嘘呀嘘的朝你吹氣，或者從窗外突然伸出一隻巨大的怪手來，把燈給擋住，手臂上的黑毛都清清楚楚……這等大鬼、小鬼、奇鬼、怪鬼，其實都是煉形鬼耍出的把戲。

我小時候，最愛聽鬼的故事，後來更愛讀鬼故事，當然，故事的情節各有不同，有的鬼很溫婉和善，有的鬼善惡均等，為善為惡，要看牠遇著的是什麼樣的人，有的鬼非常凶悍邪惡，但在類型上，幾乎都包括在以上所說的六大類之中。另外像：精、魔、妖、怪、夜叉、魔物、羅刹，一些非「人魂」所成的精怪，就都不算在內了。

人常說：六合之內，無奇不有。我們在世為人，努力把人做好是第一要務，用探究的心去了解生死之謎，和迷信是不同的，有些姑妄聽之的鬼故事，聽起來有啟發靈智和醒腦作用，你信不信呢!?

鬼復仇

我曾經約略提到過，鬼是人類靈魂變成的，牠本身無體無形，存活在另一度空間，牠有一些靈幻的、陽世人所不具備的能力。就拿常鬼來説吧，牠有和任何物體共存於同一空間的能力，比如牆壁、泥層、木板，任何有形物質，牠都能隨意出入，牠有幻化能力，臉一轉是美人，臉再轉是披頭散髮、青面獠牙的惡鬼，牠能把墳墓幻化成居室，把蟲蟻穢物幻化成美酒佳肴，牠能造成各式各樣的幻境，把人迷在裡面（俗稱鬼打牆），牠能看見人肉眼看不見的東西，比如人頭頂的光芒、身上發出的氣，從而分辨出人的品德、善惡，以及修為的程度，牠還能放出電流，和人心交感。有人説得好：「陽世有什麼樣的人，陰司就有什麼樣的鬼」，蒲松齡所稱「陰陽一理」，也正包含這種意思，所不同的是人有軀殼，鬼沒軀殼，殭屍只是鬼利用的工具而已。

説到鬼的靈動，大體上可分以下各類：

1. 向親友顯靈託夢，通知消息。
2. 通過種種可能的方法，暗示冤情。
3. 報殺、盜、淫、妄之仇。
4. 預示各類果報。

5. 還報在世所欠的恩情。
6. 迷人或附身祟人。
7. 凶死鬼討替身。
8. 惡鬼鬧宅。
9. 殭屍作怪。
10. 怪鬼嚇人和情鬼纏人。
11. 無意中為人察覺。
12. 附物作祟。
13. 重回人間（如借屍還魂、點血還魂、人鬼聯姻等等）。

但這只是常鬼以上的自由鬼類，可以向人顯示牠們的靈動；被囚禁的地獄鬼，除非有特別緣由，經陰司特許，和陽間是絕無接觸機會的。

事例一　顯靈託夢慰親人

亡魂渡海報訊

有位家住在上海的陳先生，對日抗戰前，在上海的招商局做事情，後來被調到天津辦事處去工作。他有個太太和兩個孩子，寓居在上海靜安寺路，另有一位年老的母親，居住在浦東鄉下的老家。

陳先生是文墨人，坐了多年的辦公桌，身子本就很單薄，調至天津後，事務很繁忙，北方的局勢不穩定，隨時有爆發戰爭的可能，北方很多工廠想朝南遷，海上運輸十分緊俏，陳先生勞累過度，罹患了心肌梗塞，被送進了醫院，當天夜晚就嚥了氣了。

同一時間，住在上海靜安寺路的陳太太，忽然聽見門響，抬頭看見先生滿臉憔悴的樣子走進門，她正打算迎上去，霎眼之間就不見了。當時有個年輕的女僕站在她身邊，她急忙問說：「妳看見先生進屋沒有？」女僕搖搖頭說：「根本沒人進屋啊！」

陳太太沒說話，總覺心裡怪怪的，彷彿有什麼事要發生的樣子。臨到第二天，在浦東鄉下服侍老太太的女傭徐媽趕來了，她對陳太太說：「老太太半夜做了個惡夢，夢到陳先生在天津趕搭一班快輪，要回上海來，有人不肯讓他上船，他把攔住他的人推倒，全不像他平時文雅的性情，會不會出了什麼事了？老太太要我來，請妳發封電報，去天津問問呢！」

正說著，外頭有人送電報來，陳太太打開一看，那上面赫然寫著：「陳君積勞成疾，本日晚，病逝天津醫院，喪事正料理，靈柩將即運回滬，謹請節哀……」電報是當天深夜發到上海電報局，第二天上午送出，但陳先生的亡魂卻比電報更快，早就先回上海了。

母親亡靈入夢

我的老友馮放民先生，筆名鳳兮，著名的散文作家，已故國大代表。抗戰時期，他大學剛畢業，為了抗日，毅然辭家別母，到大後方重慶去，擔任新聞採訪和教育工作，而他的家鄉——江西南昌，早就淪陷了。

馮先生是個孝子，父親早故，全靠母親一手拉拔長大，並接受高等教育，他在大後方從事抗敵工作，心裡唯一放不下的，就是生活在淪陷區的老母親。當時烽火瀰天，音訊不通，也弄不清老人家究竟死活存亡。抗戰勝利前一年的秋天，馮先生深夜寫完報館的社論，入睡不久，做了一個怪夢，他夢見眼前出現一片看不到邊的荒天野地，茅草長有半人高，一綹綹的淡霧隨風飄移著，很像家鄉城東的荒郊景象。他抬頭看見草叢裡有條小路，小路上有個身材佝僂的老婦人，穿著打了補丁的老藍布衣裳，正緩慢朝前走著，他心想：前面見不著村落和人家，這麼個老婦人獨自要走到哪兒去呢？他看看四周，天色陰陰的，就快黑下來了，便加快腳步趕上前去，叫喚說：「老婆婆，您去哪兒？讓我送您一程罷！」

那老婦人回轉頭，滿臉淚痕瞧著他。他一看，那老婦人正是他日夜懸念的母親，他急忙雙膝跌跪，哭泣的叫一聲：「媽！」又說：「您老人家跑到荒天野地做什麼？」老母親流著淚，只朝天邊遙指著，什麼話也沒說，頓然間，他驚醒過來，一身全是冷汗。好端端的，為什麼做這樣的夢呢？馮先生沉吟著，心上有一種不祥的預感——母親恐怕已經不在人世了。

想是這樣想，但他並不完全相信，第二年，抗戰勝利了，農曆九月份，他回到江西南昌，到處向人打聽他老母的下落，有位老街坊告訴他，馮老太太早已逃難下鄉去了。他又到鄉下的原籍去探聽，沒有消息，他忽然想起夢裡的情境——那一大片漫天的草野，正是城東北接近鄱陽湖灘那一帶地方。於是，他就動身朝蔣港那邊去找，半下午了，他找到一個小村落，向人問起一個從城裡逃難下鄉的老太太，長的是什麼樣子，姓馮。那村裡有位老人說：「是啦，馮老太太在村裡住很久，鬼子掃蕩，她轉到樵舍那邊，聽說去年秋天，她得病死了，跟她一道逃難的人，把她葬在野地上，我們是聽那些逃難人回來講的。」

謝過那老人，他又趕到樵舍，向人打聽，個個都搖頭說不知道。他沒有辦法，就獨自走到郊外去，只覺得路愈走愈荒，晚風轉急，吹得滿野荒草颯颯響，太陽已快銜山了，霞光映在草葉上，像燒起一把捲地的火，越來越像他的夢境了。

像這麼大的地方，要找一個人的墳墓，那可太難了，他找到一片亂葬的墳崗，有些還有殘破的碑石，有些只是一堆蔓草叢生的土丘，什麼記號都沒有，又怎能認出裡面埋的是誰呢？

找到薄暮時分，他已經把亂葬崗的墳地看遍了，沒有任何頭緒，他走到墳崗邊，雙手抱頭，痛楚的流下淚來。他心想，如果老母是去年秋季過世的，墳上野草絕不會長得太快，墳頂也不會太平塌，按當地的習俗，亂世草草葬人，石碑是不會有了，至少會用白木，寫上姓氏年里，暫時當成表記。一個人活在世上，遭逢戰亂，沒能報答親恩，如果自己不能找到母親的墳，把她請回祖塋，那真是太不孝了！他轉身朝破瓦缸裡的土地公叩頭拜禱說：「土地公啊！您是當方神祇，人不曉得，您該曉得，我母親究竟葬在哪裡，請您明示吶。」

泥塑木雕的土地公不會開口說話，他獨自喃喃了一會兒，看看天色，再不回樵舍小鎮上，天就要黑了。他站起身朝回走，晚風越吹越猛，草葉被絞得一片沙響，走到一處轉彎的坡坎上，他一腳踏滑了，整個身子便滾下坡坎去，幸好有大片雜草遮擋著，摔下去約莫兩丈多高，除掉臉和手被草葉割傷之外，身體還沒有跌傷。他坐起身來一看，這坡坎下面是一小片草地，他身旁有一座小土墳，墳前插有一方白木牌子，牌子上赫然寫著「南昌馮老太太葬於此」的字樣。

這段故事，是馮先生病歿前親口對我講述的，他為人剛毅木訥，所講的都是實在情形，從亡靈入夢到荒地尋墓，充滿神祕色彩。

事例二　遇害冤魂示案情

鬼魂嚎哭示冤屈

家父生於前清光緒年間，如果在世，應該是一百一十四歲了，他一生的經歷，可說是多姿多采，曾經遭遇過很多奇情怪異的事情。早年，他曾在北洋蘇軍馬隊裡做過隊長，有一年的冬天，他率領馬隊，駐紮在宿縣一座古老的大廟裡，因為戰爭的關係，連廟裡的和尚都走光了，只留下一個看廟的老人。馬隊大都駐紮在前殿左右廊房，第三進的神殿左廊房，就是隊長所住的地方，最後一進，只有左右廊房和一堵牆，牆外是臨河的野地。這座廟坐落城郊，離城只有兩三里地，馬隊早晚蹓馬，常會藉故到城裡走走，若逢上假日，除了值星官和輪崗的人，大部分的騎兵老爺們都會去城裡玩樂去了。

事情出在除夕的夜晚，天落小雪，隊上除夕聚餐，喝酒划拳熱鬧過一陣子，騎兵老爺們有的帶醉先睏了，有的溜到鄰近村落賭錢去了，幾個分隊長在前殿打麻將，家父則在房裡用牙牌玩過五關。

隊上的號兵徐鬍子、傳令兵小于、衛士班的陳班長，幾個人在神殿裡升起一盆炭火，烘火聊天，正巧炊事班長過來，說是白天打得一隻透肥的野兔，紅燒了一鍋兔子肉，除了留下兩兔腿給隊長消夜，其餘的可端來讓大夥兒嘗鮮。小于嘴饞，急忙說他床底下藏有好酒，可以邊吃邊聊。

有酒有菜，更添了大夥兒聊天的興致，一聊聊到起更的時分，小于覺著尿急，就從神殿後門走出去，到後進的屋角去撒尿，一泡尿還沒撒完，他忽然聽見左邊的廂房裡，有隱隱約約的哭泣聲，嗚呀嗚的，彷彿是個女人。這一嚇，嚇得他趕緊轉身跑進殿來，對那幾個說：「糟透啦，我剛去小解，聽到後進左廂房裡，有個女人在嗚嗚的哭呢！」

「嗐，你真是活見鬼了！」徐鬍子說：「這廟裡，除了看廟的老頭，根本沒旁的人，那廂房是鎖著的，咱們駐紮這許多天，就算有人也早餓死啦！」

「嗚呀嗚的，分明是風。」陳班長說：「要是有人哭，咱們怎麼沒聽見？」

「不信，你們出去聽聽嘛，」小于說：「我幹麼要騙你們呢！」

「聽就聽，」徐鬍子說：「是人就救她出來，是鬼，捉到炊房燉碗鬼湯喝！」

徐鬍子大踏步領頭，其餘幾個也豪性大發的跟了出來，他們側耳仔細聽了一陣，眼前除了雪花飛舞，一片銀白的幽光之外，並沒有任何動靜。

「小于，你這小鬼頭，是騙咱們出來喝風啊！」陳班長說。

「甭冤我。」小于說：「剛才我分明聽見的。」正說著，在左廂房裡果然傳出女人的咽泣聲，幽幽怨怨，淒淒切切，忽然又聽不見了。

「這是鬼哭，」徐鬍子說：「趕緊回屋。」

甭看徐鬍子生得粗壯威猛，他腳下抹油，溜得最快，其餘的也跟著溜到火盆邊來，每個人的臉都嚇白了，雪夜的爐火邊，碰到古廟鬼哭，委實有些怕人。徐鬍子認為女鬼哭泣，定是個冤鬼，不能不把這事立即報告隊長。陳班長顯得很困擾，他想不透廟是佛門淨地，怎會跑出女鬼？不過，他還是催小于到隊長門外看看，隊長屋裡燈還亮著沒有？要是隊長還沒睡，就把這事報告上去。

小于出去不久，就把家父請到神殿來了，家父宗奉程朱之學，原本不信世上有鬼，聽了小于的報告，滿心好奇，要過來看看究竟。他走到神殿後的廊簷下面，側耳諦聽，果然聽見了一串低沉的鬼哭聲，證實小于並沒說謊。

一個做隊長的人，即使心裡有些發毛，也不好在部下面前顯露膽怯，他便鎮定心神，咳嗽兩聲說：

「妳究竟是人是鬼?是人，妳哭一聲，是鬼，妳就哭兩聲!」

「嗚……嗚……」那聲音哭了兩聲，表明她確實是鬼。

「妳如果是冤死的鬼魂，找我替妳申冤的，請長哭一聲!」

「嗚……哇……」那鬼這一下哭得又慘又長，好像要在這一聲長嚎當中，把所有的冤情都傾吐出來。哭聲暫歇之後，家父又問說：

「是廟外人害妳的，妳哭一聲，廟裡人害妳的，妳就哭兩聲。」

「嗚……嗚……」那女鬼分明是說廟裡人害的。

「是早先廟裡的僧眾?還是我部下的騎兵?是和尚妳哭一聲，騎兵就哭兩聲。」

結果那女鬼只哭一聲。

「好了!我都明白了，」家父說：「明天夜晚，等我打點好了，還有話要問妳，只要妳能協力，我保證盡力替妳申冤理屈就是了。」

經過這陣折騰，天已到了三更了。家父回到隊長室，要小于沖了濃茶來，苦苦思索了一整夜。按理說，他只是臨時駐紮在這兒的一個軍官，並非古時候的老爺、大人，當地的冤案刑案，自己管不著，不過，像這等奇異的事，原先只在包公案裡看過的，如今卻落到一個芝麻綠豆官的頭上來了，看樣子，說是縮頭不管事，那怎能做人呢!?只好趁著跟當地士紳拜年的機會，盡力查訪，夜晚再回廟和女鬼打交道，讓她揭破疑團了。

第二天正是大新年裡，家父騎馬帶著衛士出門，去拜訪縣裡的名流士紳，問及這廟裡的住持為人如何？幾乎所有的名流士紳都異口同聲，盛讚這廟裡的老方丈悟真長老，是一位勤修佛法。品德高超的人，他下面的僧眾一共有卅多個，也都是恪守戒律，毫無擾民情事的。家父問遍了地方人士，仍然得不到答案，就趕回廟裡，找來看廟的老人，問他討取這廟裡的僧眾名冊，看廟的老人倒是很爽快，拿了方丈的鎖鑰，把廟裡僧眾名冊交了上來。從悟真、悟性、悟空三長老之外，另有廣慈、廣仁、廣德幾位大弟子，尚有智能、智覺、智空……等智字輩的僧眾卅多人，年里、籍貫俱備，有了這些資料，家父回到廟裡，立即吩咐小于備辦香燭聽用。當日深夜二更，家父到了古廟後進廂房，先焚紙化箔，祭奠一番，然後說：

「冤靈在地下聽著，妳既然說是廟裡人冤害於妳，我現已取得僧眾名冊在此，我逐一念出僧眾的法名，若哪個是害妳的仇家，妳不妨放聲嚎哭，我自會為妳擒凶，交給有司法辦，妳可聽好了！」

說著，他就對著小于手執的美孚油燈，逐一宣念廟中僧眾的法名來，念到末尾一個叫智圓的僧眾時，那女鬼突然尖聲嚎哭不止，不用說，殺害她的，就是凶僧智圓啦。

年初二一早，家父吩咐把後進左廂房的鐵鎖打落，推門進屋去觀看。那房子看來久沒人居，到處是灰塵蛛網，屋裡堆放了不少的法器用品，裡間有一張木製的禪床，禪床的邊上留有幾點暗黑色的斑點，看起來彷彿是久已乾了的血跡，禪床前的地面，鋪著水磨的方磚，用腳重踏下去，似乎有一方地面響起空洞的迴聲。

「著人來挖開這裡，」家父吩咐說：「我要看看下面究竟埋的是什麼？」

俗說人多好辦事，隊上的兵勇應聲而上，不一會工夫，就揭開方磚，朝下挖掘，挖不到四五尺，赫然發現一具白骨骷髏。從骷髏的骨架、顱骨的形狀、胯骨下的結構，確定那是一具死亡已久的女屍，但她究竟姓什麼？叫什麼？年籍和背景總是很難找出端倪來了。

家父把女鬼嚎哭、廂房掘得女子骨骼、智圓是女鬼確認凶手的事，源源本本行文到縣府去，並請求緝凶。在重武輕文的北方當局，駐軍隊長正式行文，縣裡不敢怠慢，立即派刑房接手辦案。到了二月裡，寺僧悟真方丈返回廟來，縣裡問他有關智圓的事，老和尚口宣佛號說：「阿彌陀佛，善哉，善哉。這智圓乃北地盜匪頭目，是他來廟發願皈依的，誰知他凶性難改，竟玷汙了佛門。去年避難到南邊時，他不辭而別，現今不知他的下落哩！」

縣裡出錢厚葬了女屍，通令緝拿疑凶智圓歸案，通令自歸通令，但世道紛亂，鄰縣是否認真出力，大有問題，凶僧智圓仍然逍遙法外。

春三月裡，這支馬隊奉命移駐沛縣，騎兵隊的幾個兵，因為賭錢和賭徒起衝突，一個兵爺被打成傷，兵勇們抓住幾個疑凶，押回隊部來。家父找他們審問時，其中一個平頭漢子，口口聲聲說他冤枉。他自承是宿縣某廟的火工和尚，因逃難出來，蓄髮改裝，在某個菜園裡幫人擔水灌園子，他是個出家人，不會行凶打傷駐軍，硬是被兵爺們誤抓來的。

「你說你是出家人，可有法名？」家父問說。

「有啊！小僧法名智圓啦！」

「嗯，智圓，」家父忽然冷下臉說：「當初在宿縣，你謀害一名女子，埋屍在後進左廂房，宿縣早已行文通緝你在案，沒想到這回你卻送上門來。我這就要著人押你回宿縣去法辦，你認命罷！」

據說智圓被押回宿縣後，經過拷問，他從實招了供。那女子是北方逃難的流民，姓湯，原臥在廟後，被智圓擔水時發現，哄說廚上有熱食施捨，把她騙進廟來，安頓在後進廂房，貪她姿色，強暴未遂，氣憤中把她掐死。闖了大禍之後，連夜把她屍骸深埋在禪床前的地下。正好戰火波及，廟僧避難，他就偷溜來沛縣，蓄髮改裝，暫時替人灌園子，他做夢也沒想到，女鬼竟然用嚎哭驚動馬隊，結果把他繩之於法。家父對我詳述了這宗他早年辦過的命案，並說有一種鬼叫做「敲桌鬼」，牠和人對答只是人問牠話，牠用敲桌子的數目來回答。後來，我翻閱西洋典籍，在歐洲竟也有「敲桌鬼」存在，真可說無獨有偶了。

前面說的女鬼咽泣，和敲桌鬼敲桌，溝通的方法實際上是同樣的呢！

走屍託人申冤

許多蒙冤而死的鬼魂，報仇心切，會用不同的方法託人替牠申冤。

我小時候，北鄉有個王木匠，受雇替人打造壽材，完工之後，那家留他吃酒，吃完酒，天色業已很晚了，他揹上工具袋，拎了盞燈籠，打算趕夜路回家。一走走到中途，天落起雨來，而且越下越大，他為了避雨，就跑到荒路邊一個古廟叫龍駒廟裡。那廟裡上上下下的和尚都認得他的，住持和尚對他說：「王木匠，雨既不停，我看你就在廟裡歇罷，我們師徒等下就要去西邊顧家莊，替顧二呆子送殯做法事，廟裡沒人，你正好順便幫我們照看照看。」

王木匠見雨並沒停的意思，不願為趕夜路淋成落湯雞，就滿口答應了。和尚們撐起油紙傘，用油布包妥兩擔法器，匆忙出廟去做法事去了。

王木匠坐在大殿的長明燈前，倒了杯熱茶，喝著驅寒，他忽然想到顧家莊的死者顧二呆子來。二呆子身子長得很瘦，但很精實有力，只是腦袋有點不靈光。幾年前，他娶了個水花白淨的老婆，農家活計幹得更勤了。不過，也聽人閒話說起，說他這個老婆原是個回頭人兒（新寡改嫁的），人長得妖嬈，二呆子根本配不上她。自己是個忙碌的木匠，沒工夫管旁人家的閒事，年輕新寡的女人，既然自願嫁給二呆子，有口安穩飯吃，配不配得上，跟旁人有什麼相干？真是……不過，這二呆子平素並沒聽說有什麼大毛病，怎會突然就死了呢？嗨，幾天連著趕工打棺木，也太累了，王木匠停住思索，把前殿的廟門關妥，把蒲團拖到牆角，身子靠在牆上，閉起兩眼，迷迷糊糊的就睡著了。

睡到約莫二更天罷，外面響起一陣急促的敲門聲，把他驚醒了，他以為和尚們已經做完法事回來了，趕急爬起身，問說：是誰？對方的回答完全出乎他意外，一個低沉的聲音說：「老王，我是沈三禿子，你快開門吶！」

王木匠一聽，嚇得渾身打哆嗦，沈三禿子是他很投契的老朋友，在鎮上開茶館，業已病死好幾年了，真要是沈三，那不是鬼嗎？

「我說沈三，你甭嚇我，」王木匠說：「你在陰司做你的鬼，幹麼半夜三更跑來找我？」

「咱們是好朋友不是？再怎麼說，我也不會害你呀！」廟外的聲音說：「我是替人打抱不平的，有事託付你。」

「你怎麼曉得我在廟裡躲雨？」

「我趕去顧家莊的時刻，跟你同路，你看不見我，我可看得見你呀！」

「你說你去顧家莊？」王木匠說。

「是啊！」那聲音說：「二呆子死得冤，呆頭呆腦不曉得怎辦？我就鑽進他的屍體，把他給帶到這兒來啦！」

「我怎麼曉得二呆子是冤死的呢？」王木匠説：「就算告官，也要有證據的呀！」

「他是被毒死的，他老婆夥同姦夫做的案，把口鼻洗淨了，瞞過村裡的人，但只要有人報官，仵作會驗出來的，快開門吶！」

王木匠不得已，拏了盞油燈，戰戰兢兢的過去，拔開廟門的木閂子，但聽轟的一聲，一具穿妥壽衣的屍體倒在地上。王木匠正在手足無措，抬眼見到廟外幾只燈籠在黑裡搖晃，原來一群和尚慌張的趕回來了。住持老和尚一踏進門，差一點就被屍體絆倒，大驚説：「啊！這……這不是二呆子的屍首嗎？怎麼會跑到這兒來了呢？」

「是老鬼沈三禿子把牠帶來的！」王木匠説，又把三禿子來找他的經過説了一遍。

眾和尚也把在顧家莊的遭遇講了一番，原來他們在作法事，要把死者裝棺入殮，那死人忽然坐起身來，變成走屍，嚇得辦喪事的人，躲的躲，藏的藏，轉眼之間，走屍就蹦出門去，不見影子了，法事既做不成，只好趕回來了。

「不管怎麼説，」住持老和尚説：「二呆子屍體倒在廟裡，咱們一等天亮就要報官查驗，不論二呆子有怎樣的冤情，案子總得由官裡去辦的。」

「三禿子，你真害人！」王木匠説：「你明明曉得我是見官腿軟的人，這回可真打著鴨子上架，想不見官也不成啦。」

後來二呆子的冤案查明，姦夫淫婦也都伏了法。王木匠的遭遇，被鄉里中的人到處傳講著。用走屍的方式申冤，倒是又奇怪又新鮮的事，替鬼打抱不平的沈三禿子，賺進了不少好心人燒給他的紙錢。

事例三　陰魂不散鬼報仇

冤靈索命一場空

如今世上的人，有很多的觀念都很反常，他們多是頭上沒天腳下沒地的那種活法，你要跟他說舉頭三尺有神靈，要跟他說陰魂纏腿，冤鬼報仇，有孽債、有因果，他們就會嗤之以鼻，笑話你迷信。其實，這些人都被橫流的人慾迷住了心竅，過分依賴科學，他們不知道很多科學大家，也都在努力的研究靈魂學呢！

抗戰前，家父退隱在黃河故道的農莊裡，但還以當地名紳的名義，管領著一支鄉隊。鄉隊裡有個分隊長叫董珍國，白臉膛子，眉清目秀，待人很客氣，他常到我家裡；他有個塊頭不小的姪兒董振全，跟他揹槍做侍從，他就住在我們村後不遠的地方。

那年的秋天，在故黃河堆下面的草地上，出了一宗搶劫殺人的命案。被害的人一共三個：兩男一女，兩個男的是被槍殺的，屍首斜躺在草溝裡，女的是被尖刀戳死的，胸口、腋下、乳房上，共有三處致命的刀痕。

鄉隊長陪同家父去看凶案的現場，鄉長和保甲人等，也都到場勘驗。從衣著上看，這三個死者分明是跑單幫做買賣的人，穿得整齊樸素，但衣服上不見一塊補丁（當時農民貧苦，多衣破襤褸），現場的荒路上，有零亂的腳印子，還有很多牲口的蹄痕，可見他們是牽有好幾匹牲口，馱有貨物，而且在遇劫時爭論和掙扎過。

這麼膽大包天的劫案，離鄉隊部不過四里多路，對鄉隊長而言，可說是丟盡面子，在責任上也非破案不可。當天夜晚，家父和鄉保甲長、鄉隊長及各分隊長，聚合在一起商討到深夜，決定了幾點：

第一，由鄉長把凶案勘驗結果，循行政系統急速報告縣署。第二，張出公告，述明三死者形貌年紀、衣著特徵，到四鄉八鎮張貼，希望死者親屬出面認屍。第三，依據現場死者傷口，研判出兩個男子的槍傷，主要是七九步槍，另有一發是小型手槍，女的刀傷，並非一般民間所用的刀，而是土製的軍用刺刀，不排除鄉隊內部有人作案的可能，責令鄉隊長和各分隊長立即徹查。第四，現場著人嚴密看管，俟縣裡複勘後，備棺入殮，暫厝在臨時搭建的草寮裡，等待家屬認領。

事情分頭辦理，到了第四天，鄰縣有人來認屍，確認是他們的家屬和親人，兩個男性死者姓戴，女的姓蘇，都是泗陽縣籍。據家屬告稱，他們確是常在淮揚線上做蠶絲、南北貨買賣的，一共牽有四匹牲口，馱有五大包蠶絲，另外還有酒類和現洋。臨到這當口，死者的身分已算確立，餘下的就只有追凶破案了。

第七天，有人騎牲口送信給家父，家父看了信之後，神色顯得很沉重。他把鄉長和隊長召了來，把信丟給他們看。因為這封信是北七縣青幫龍頭浦老先生親筆寫來的，大意是說：家父在地方上一向很有清譽，鄉隊上下多半是幫裡徒子法孫，而被害的兩個男子，也是幫裡很有份量的兄弟，行政上的追查是另一回事，幫裡更應協助官府，全力偵破這個案子。浦老雖和家父平輩，但在資望上更高出很多，信上語句雖很客氣，事實上，已經讓家父力扛破案的責任了。

當時局勢混亂，縣府已準備搬遷，行政上根本沒有什麼作為，但鄉鎮幫會組織嚴，講道義，這封信要比專員縣長的諭令更嚴厲得多，到了不破此案，就無法交代的地步。

鄉隊各級負責的人，日夜出動查訪，幾乎跑破了鞋，跑斷了腿。董珍國更是一天來我們家好幾趟，但查來查去，還是沒查出凶手來。

一天夜晚，紅臉大塊頭的董振全來了。他一進屋，就淚流滿面，朝家父面前一跪，抽噎得說不出話來。家父很驚訝，叫他起來說話，他死也不肯起來，哭說：「大爺，我……我是來告密的，就是那三條人命案子，我知道凶手！」

「瞧你這孩子，許多人都急得像熱鍋上的螞蟻，你既知道內情，怎麼不早跟你叔叔說呢？」

「我怎能跟他說。」董振全說：「這案子是他一個人獨幹的。我原就想跑來告密，因為他是我族叔，平時又很照顧我，我心裡混亂，真不知該怎麼辦！如今，案子早晚要破，逼得我非講不可了！」

「好，那你就照實的說罷！」家父說。

董振全一邊哭，一邊斷續的說出實情來：

「其實，戴家兄弟和蘇大姐常跑這條線，和我叔叔也認得。他們三個從北邊下來，有時在油坊借宿，有時會多趕十里路，在范家飯棚過夜。當然，買賣人遇上鄉隊的關卡，多少會塞上幾文，我叔叔平常吃喝穿戴的，多半是這些油水。有一天傍晚，我叔叔帶我在范家鋪吃飯，無意中聽說戴家兄弟、蘇大姐就要過來託售貨物，飯鋪主人估算，這筆買賣比較大，能賺不少。我叔叔當時正跟一個小女的打得火熱，打算成家，一聽這話心就動了，悄悄對我說：他打算幹一票，然後帶那小女的逃到外地去，他要我幫襯他，我說什麼也不答應。大爺，我今年剛滿二十歲，又靠著您家根，我是拖牛尾巴踩大糞的莊稼人，不像我叔叔是混幫走道，幹公家事的，我非但不答允，還勸他不要喪天害理：『你搶了姓戴的，因為彼此都認得，你非殺人滅口不可，這些牲口和貨，你又能銷到哪兒去……』他不聽，還罵我說：『你不幹，我幹！你要敢透出半點口風，我把你打成馬蜂窩……』他說是這麼說，是否是他動的手，或是還有幫凶？我沒在現場，就不知道了！」

董振全說這些話時，我不敢進房去，只能從簾子外的縫隙朝裡面偷看。我看到家父臉色陰陰很難看，分隊長董珍國是他幫裡的人，遞過學生帖子，又粗通文墨，做事很能幹，如今一念之差，竟犯下這等罪大惡極的命案，殺人償命，欠債還錢，年紀輕輕的，就要斷送前途被槍斃，心裡能不沉重嗎？「嗯，你既然說的是實話，我就得立即通知隊長，把董珍國收押審問，將牲口、貨物、現金等贓物追回，發還給苦主，並且錄出口供，正本送呈縣署，附本隨信覆給浦老爺子。」

「我說，大爺，晚輩看，這樣一來，有很多不妥的地方。」董振全很惶恐的說。

「有什麼話，你儘管說。」家父說。

董振全把頭磕在地上砰砰響，他說：

「您要是先收押了董珍國，他明知招供也是死，不招也是死，伸頭一刀縮頭一刀的事，他定不肯輕易招供。而且，晚輩判斷，這案子犯下來，他若沒有動手的幫凶，至少也有銷贓的同夥，您把他一收押，風聲透露，銷贓的傢伙定會帶著贓物，穿州越縣遠逃到外地去。如今鬼子兵就要南下，各地亂得像一鍋滾粥，到哪兒抓人去？追不回贓物，就算斃掉董珍國，這案子也破得不明不白，弄不好，人家還以為您抓個人頭頂數的呢！」

「嗯，有道理，」家父點頭說：「沒想到你小小年紀，就能顧慮到這麼多，照你的看法，該怎麼做才妥善呢？」

「依晚輩的看法，您越查得緊，我叔叔的心裡越會恐慌，他必定會趕急和他銷贓同夥聯絡，及早把贓物弄到遠遠的外地脫手，不留形跡。」董振全說：「我跟他是叔姪關係，我能打進去臥底，盡量把消息轉告大爺，人說『捉賊捉贓，捉姦捉雙』，要是能人贓並獲，證據充分，他們想賴也賴不掉，這案子就全破了，不過……。」

「不過什麼？你說啊。」家父和顏悅色地問說。

「請求大爺您體諒，晚輩長在家根，董珍國他犯了殺人越貨的大罪，官裡可以辦他，您可以把他送了去正法，但我這做姪兒的告密叔父，董家族裡人不會輕饒我，無論如何，您不能對外說是我告的密，若透露一星半點，我的小命就沒了！」

「不錯，我不會對外透露的。」

「還有，」董振全說：「我貼住董珍國，去會見他銷贓的同夥，是很凶險的事。他做案就是為貪錢財嘛，如今他身為分隊長，忙著走不開，贓物全得委託銷贓的替他脫手，他信得過嗎？那銷贓的要是另有圖謀，存心黑吃黑，殺他滅口，再到外地分贓，那時贓物的證據沒了，真凶又死了，弄成『案外案』，那就更難破啦！我貼住董珍國，對方要是想動他，一定連我也幹掉，那時刻，我得極力保住那些贓物，讓您有個交代，萬一我動槍打死了人，那可是行公務，您不會把我當殺人犯送辦罷？」

「說得很利爽，也都合乎常理，」家父說：「我差你協力破案，當然不會辦你的，你還有什麼要講的嗎？」

董振全又叩下頭去，帶著哭腔說：

「大爺，萬一我夾在當中，被人做掉了，恩請您給口棺材，我家的老母更託您照應些兒。」

「我全依你。」家父說：「你放機靈點，還不至於落到那一步的。破案的關鍵全在你身上了，趁夜晚沒人，你悄悄回隊去罷！」

董振全真的叩了個頭，起身出門去了。

這事過後三天吧，董振全果然把全數贓物都帶回來了。那些牲口上面馱來了三具屍體，一具是他叔叔董珍國，一具是幹過洪澤湖湖匪的道上人物——雷小炮，另一具是范家飯鋪的小夥計——小青龍。

據他稟報說，分隊長破案心切，要他帶上一支大槍和一把三膛匣槍，跟著去查案。他們兩人朝南走了近二十里地，董珍國懷疑西南地區天荒地野，黑道人物很多，雷小炮那傢伙常過來活動，這案子極可能是他幹的。雷小炮住的地方，是座建在土阜上的孤莊子，他離開湖匪大股之後，常常獨自行走，算是名副其實的獨腳大盜。他們接近雷家孤莊，伏身在矮樹叢背後觀望動靜，誰知從東邊荒路上，有人騎了匹牲口過來，直奔孤莊去了。叔姪倆一瞧那個人，心裡就有數，原來那小子，是范家飯鋪新雇不到一年的小夥計——小青龍，弄了半天，才明白他正是雷小炮埋伏的棋子。

雷家孤莊離大湖不遠，雷小炮雖已單行獨闖，可見他和湖匪仍然有勾搭。董珍國判斷，命案要是雷小炮幹的，那些贓物極可能還在雷家孤莊，等待湖匪放來過湖船，運到皖北去分銷，用湖匪的船運贓物，不會留下形跡。

他們等到天微微落黑的時刻，兩人分開，悄悄的從土阜下面，抓著灌木爬進莊裡去，先繞著莊子，看到好幾匹牲口，再伏到牆外，聽雷小炮和小青龍說話。由於隔著一道土牆，聽不清楚，只聽見一句半句：過湖的船快來了，現大洋該挖出來了……這當口，董珍國決定衝進去，由他在暗中掩護。

董珍國衝到大門口，拔出匣槍指名喊話，最先亮短槍出來的是小青龍，小青龍年輕猛悍，但有勇無謀，一出門就被董珍國開槍撂倒了。一霎之間，雷小炮人沒現身，先橫發了一匣子彈，又打中了董珍國。當董珍國倒地翻滾時，雷小炮才現身在門口，伏在暗裡的董振全，用大槍瞄定他開了一槍，居然打中了雷小炮的要害，他仰臉躺下，再也沒動過。董振全怕屋裡還有旁人，留在暗處等了許久，確定再沒旁人了，才敢出去，摸摸董珍國和那兩個，都已斷了氣了，這才進屋點燈，翻出棉紗五大包，牽出三匹牲口，再加上雷小炮和小青龍的牲口，又抄出裝銀洋的驢背囊、酒類和一堆衣物雜碎東西，趁黑把屍首捆在牲口背上，連同贓物，一道趕了回來。案子破得很出奇，董振全一下子被全隊看成英雄人物，唯一遺憾的是，所有活口都沒了，只能聽董振全怎麼說就怎麼算。鄉隊長雖然損折了一個分隊長，但案子破了，凶手被擊斃了，贓物也取回了，不管對哪一方面，都好交代了，憋了這許多天，他總算吐出一口大氣，當下就著人購辦酒菜，全隊開了慶功宴，把家父和鄉保甲長全請去了。

聽了鄉隊長的報告之後，家父對董振全說了幾句鼓勵的話，鄉保長等人也盡找好聽的話講。不過，到了夜晚，董振全單獨來宅時，家父就責備他，為什麼當眾說謊？

「你為什麼把董珍國這個真凶，用好聽話掩蓋起來呢？你說說道理看？」

「大爺，這不單是為您，也為了晚輩呀！」董振全說：「您想想，董珍國是您幫裡的學生，等於半個徒弟，他當上鄉隊的分隊長，又常在您身邊走動，這案子，他要沒死的話，只有辦他。如今他已死了，推到混家雷小炮頭上，維護了您老的面子，不好嗎？再說，一筆寫不出兩個董字，我把珍國叔捧著點，我在族裡也好混嘛！」

家父想了想，也只有點點頭，當夜就修書，要專人上覆浦老，並且約了苦主來領回贓物。苦主來領贓的時刻，說是短缺了一袋現大洋，約莫有百把來塊錢，董振全的說法是，雷小炮跟小青龍提過挖現洋的事，可惜凶手已經死了，這筆錢到底埋在什麼地方，根本沒人曉得，好在多牽兩匹牲口回來，算是貼補。對苦主來說，真凶死了，案子破了，損失些財物是小事，他們還說些千感激、萬感激的話。

從那起，董振全升成了班長，過沒多久，就升了分隊長，頂了董珍國的位子。

日本鬼子占了縣城，家父生病吐血死了。董振全幹上了當地的保長。他這個保長，原是中央當局委派的，但他做人圓滑，偽軍下來，他照樣作揖打躬，八路來了，他照樣湊上去交頭接耳，人把他叫做「三面保長」。他的哲學是：不管哪方面，只要他們不燒不殺不搶，咱們只好委屈點兒，這年頭，做小民百姓的，敢開罪誰呀？

有些人雖覺怪怪的，就眼前現實來看，能圓就圓，也不能過分怪他，保甲不上官譜，也不能就把他當漢奸看。

逐漸的，董保長日子過得好起來了，他重蓋了光鮮的堂屋，又修了西屋，買了石磨和青驢。他娶了親，就是當初和他族叔要好的女人，過門後，人家都叫她全嫂。

全嫂開了磨坊，替人碾磨糧食賺錢，在貧困的鄉下，她算是穿金戴銀的富婆了。抗戰勝利後，董保長還是董保長，他當年破命案的機智和神勇，仍是鄉下人掛在嘴上的話題。

一年暑假，我回到老家，董保長很和善的接待我，還用他的槍教我打鳥。那位全嫂，人長得很高挑，瓜子臉，尖下巴，眼窩鼻凹裡，聚著些細小的雀斑，跟人說話總是笑瞇瞇的。他們的磨坊，有了一處碾房，兩盤石磨，好幾匹壯健的牲口，日子真算過得富足。也許董保長多年來在戰亂裡生存，他養成了槍不離身的習慣，他用的是一支半新的捷克式步槍和一柄自來得手槍，而且，他多半是白天在家，一到傍晚，他就離開宅院，沒有人曉得當夜他會宿在哪裡？有人說他在西村有了新的姘頭叫朱姐，有人懷疑他有仇家，這是閒話，也沒什麼好聽的。

忽然有一天，一向很健朗的全嫂中邪病倒了。據鄰舍說，早上她到門前餵雞，還是好好的，兜面一陣鬼旋風掃過來，她就中邪了。臉也歪，眼也斜，神智不清，嘴裡喃喃的胡言亂語，鄰舍們把她抬到一張涼床上，放在她門前的大槐樹底下，等著董保長回來處理。當時我年少好奇，立即就跑去看望，全嫂臉色蒼黃，兩眼直勾勾的不能轉動，全身各個部位不時的會抽搐痙攣。她嘴裡吐出的話，竟然不是她平常的口音，而是不同的人聲，有男有女，而且斷斷續續，一般人根本聽不懂。

鬼，為什麼要遮攔這個婦人呢？

董振全對他老婆的病顯得很關切，一臉焦慮的模樣，他請來香頭、巫童、道士，打鼓搖鈴、畫符念咒、行關目、設道壇，要驅逐附身的鬼靈，但都毫無效應。不到七八天，全嫂眼裡的光彩，全都黯淡下去，看起來像是死魚眼一樣，她的全身都起了浮腫，又從毛孔間生出粟米般的紅疹，這無數的紅疹開花般的潰爛，弄得渾身流膿淌血，略一靠近，就聞得出一股腥臭，除了鄰舍好心為她送飯，其餘的人都離她遠遠的。

她丈夫起初還常回來看她，後來也經常在外流連，三五天都見不到他的影子了。惡靈附在全嫂身上，鬧得越來越凶，其中一個竟然是董珍國，他附在全嫂身上，大罵：「振全，你這個禽獸，當初搶劫殺人的案子，你是主凶，拖我下水。你在范家鋪聽了小青龍的慫恿，跑來找我，那三個商客都是你開槍動刀殺的。你看情形不對，反先打一耙，跑去大爺那兒告密，把罪過全栽在我頭上。你怕我被審問，熬刑不過，供出實情，你就用臥底追贓為名，騙我去見雷小炮，想把贓物當成你的救命符。你存心要殺雷小炮、小青龍和我三個滅口，用心奸毒，天下少有……你把贓物裡裝現大洋的袋子，埋在雙心閘的閘邊石堆裡，過了好幾年，你用它起堂屋、修西屋，買石磨、牲口，娶老婆，把世人都騙盡了，你騙了我的老相好成婚，以為我人死如燈滅，再找不到你啦？我告訴你，你下地獄的日子就在眼前，被你殺害的冤靈，全出來找你索命，你再躲，也是躲不過的啦！」

跟在董珍國後面，戴家兄弟倆、蘇大姐、雷小炮、小青龍，都出來訴冤說話，好像全嫂的身體只是一具空有人形的殼子，鬼魂們借她的臉和嘴，一會兒氣，一會兒哭，一會兒罵，把當初命案的底細，全都抖露出來……

這些陽世被掩蓋的祕密，一經抖露，就人競相傳，對董振全這個人的看法，也就起了極大的轉變，也許董振全本人也耳根刮著了這些消息，他突然走得不見蹤影了。有人判斷，雖說那宗命案，時間過去很久，但董家族人還都在，鄰縣戴、蘇兩家苦主更放不過他，湖匪黑道更會尋思報復，要他好看。這麼一來，他不論在家在外，都像站在刀尖上，根本沒得混了。

果不其然，在我臨離開大陸的時辰，遇著家鄉來的鄉友，跟我談起董振全最後的遭遇：他老婆當年初冬，就被惡鬼纏死了，他趁著冬夜潛回家，想挖出藏匿的底財，離家遠走，誰知他的行蹤，早被戴、蘇兩家盯上了。他在堂屋裡摟著槍睡覺，外面飄著小雪，睡到二更時，聽到外面有人指名叫喚說：「董振全，你快開門站出來，有些事，如今該了結了！你躲是躲不過的。」

董振全既不開門，又不答話，他曉得被仇家堵上了，說什麼都是白說，只要仇家敢上來，他撂倒一個保本，幹掉兩個有賺！

他沒答話，對方可是耐不住，乒乓五四的開了火，董振全也開始還擊，雙方打了約莫一頓飯工夫，對方停火後，發話說：「董振全，咱們前後左右把你圍上了，你再不露面，咱們就點火燒房子，讓你渾身變成黑炭，你走出來丟下槍，還有些餘地。」

臨到這時候，董振全不得已，拉開門閂，先把大槍和彈帶丟了出來。

「短槍也丟出來！」對方說：「還有一顆手榴彈，一併丟出來！」

董振全只好照丟。然後拉開站出來說：

「諸位，請不要聽風就是雨，也許這都是誤會，請讓我把話說明，我是死也不冤！」

冤字剛脱口，對方圍了上來，六柄上在槍管上的刺刀，同時插進他的胸膛和肚腹，一擰一絞，把他來了個大開膛。

我聽完了董振全的故事，童年期夜晚，他向家父告密的印象又復活起來。人說：多行不義必自斃，董振全費盡心機，到頭來卻被一群冤鬼纏住，弄得慘死的下場，他老婆被鬼纏身時，我是現場的目擊者之一呢。

泥人怨靈報復

鬼，除了報「殺身」之仇，也有報「姦淫」之仇的。在台灣，有一個姓陸的老人，他是江蘇無錫地區的人，據有些他的同鄉講，他原是無錫鄉下的富戶，也在地方上幹過保甲長一類的差事。老陸當年有錢有勢，炸鱗抖鰓，常有魚肉鄉里的情勢，當地人很嫌惡他，卻又都敢怒不敢言。

又有人提起，說老陸當年強暴惠山附近一個女工，又始亂終棄，對方父母氣極了，遞狀子告進法院，和他打起官司來。這件事當時都上過報紙，官司一拖兩三年，老陸花費不少錢把事擺平，判了女方敗訴。但女方已經替他生了個女孩，他狠了心不認帳，一文贍養費也沒付，女方的父親有理沒處講，悶鬱攻心，大口吐血死了，女方的母親也跳河自盡了。

兩岸交流之後，很多人都回鄉探親訪友，只有老陸無動於衷。他在台做生意做得很順當，老伴走了，兒女早都婚嫁了，他沒事找人搓搓麻將，偶爾跳跳舞，在酒廊裡殺殺時間，日子過得挺逍遙的。

人問他怎不回去看看？他答得好：「我上輩人全死絕了，平輩也沒幾個了，至於晚輩，彼此根本沒見過面，談不上感情，我幹麼回去白送錢!?」

有人認為老陸的說法，只是一種漂亮的掩飾，甭看很多老兵都回去過好幾回，有幾類人想回去但心裡有顧忌，一類是在家鄉有老婆，在台灣也有老婆的，怕重婚挨告扯不清。一類是在家鄉有仇家，仇家又有子孫的，怕對方報復。一類是地方惡霸，當年做多虧心事，心虛情怯，不敢面對鄉親父老……總而言之，只要和地方上有過大恩怨的，都怕惹上麻煩，老陸不願回老家看看，多半和這個有關。

老陸對這些評斷顯得很激動，他說：

「什麼同鄉嘛?閒得牙癢癢了,說的什麼屁話!?人家幹將領的,搞情報的,不都回去了,還很受歡迎嗎?我陸某人有什麼虧心事?說我不敢回去?等我把生意上的事料理料理,回去給他們看,倒看誰能啃掉我一塊肉去!」

他這話一傳出去,又有人拿話挑他了:

「他說的不算數,做的才算數!我看他是三斤半的鴨子——二斤半的嘴,呱呱的說說罷了。」

本來嘛,老陸說的並沒有錯,他已經是七十好幾歲的人了,在老家,一沒殺過人,二沒放過火,若說那宗強暴的案子,他勝訴是法院判的,那表示沒有足夠證據證明他犯罪,既沒那回事,女工生的女兒,當然不能算他的骨血,不認是應該的……老陸自己原就是這麼認為的,旁人不挑,他也許還不一定要回去,被人用閒話一激,他是下定決心要回家嘗嘗無錫排骨去了。

前幾年的春頭上,老陸申請了台胞證,經香港轉上海,再搭火車回無錫去了。老陸沒跟旅行團,但他卻帶了他店裡好幾個店夥,到了無錫,下榻在離惠山很近的九龍飯店,幾十年的時間改變了很多的事物,再沒有誰知道這老人的過往了。老陸逛了城中公園和百貨商場，也去了鼋頭渚，欣賞過太湖風光，最後他帶著店夥逛惠山。早年的惠山公園，已改名「錫惠公園」了，老陸心裡有什麼感受，店夥不會知道，不過，他對同行的店夥發過一些對某些旅台鄉親不滿的牢騷。

「他們有幾個，都說我老陸不敢回鄉，這回呀，我就回來給他們看看。你們說，看出有什麼不妥嗎?走，我們這就到惠山爬爬龍光塔，再到直街走一走去。」

他們由老陸領著，爬上龍光塔，放眼遠眺，又去直街去看泥人店。無錫的泥人花樣可真多，造型也奇巧可愛，店夥們挑來揀去的，但都買了回去做紀念，大包小包的提著。

「老闆，我看您也得買了一個，回去好做證明，表示您逛過惠山，親手挑的。」一個女店夥說。

「我不是不想買，只是怕提，」老陸說：「我這把老骨頭，跟你們年輕人不能比呀。」

「您買，我們幫您提呀！替老闆服務，是應該的嘛！」幾個異口同聲的說。

「好，我們先去喝茶，吃小吃，回飯店時再買好了。」

臨回飯店的時候，老陸走進一家較大的泥人店，挑選了一個很精緻的泥娃娃。店裡的女店員是個很會招待客人的中年婦人，她聽老陸說話的口音，便問說：「哎喲，老先生，您可是無錫人？」

「是啊，我是台灣來的，出去幾十年，鄉音還改不了，妳一聽就聽出來啦！」老陸覺得那女店員說話的態度很親切，就很有興致的和她攀談起來。

「您不說，我也曉得你們都是台胞咯，衣著、模樣都不一樣咯，您還是大老闆咯！」女的說。

「哪裡，只做點小生意，小生意。」

「您到底是無錫人，買泥人有眼光，會到我的店裡來。我的泥人可不是廠造的，全係我自家親手揑的，我從小揑到現在，有經驗了，可說每件都是藝術品，您瞧瞧，這些個參展的獎牌、獎狀！」

「哇，不簡單，妳還是一位藝術家呢，我原以為妳是店員，真錯看妳了。」

「店員在後面用飯，就要來了，難得鄉親前輩到店裡來，是我嘅店裡的光彩，來，這邊請坐，我泡好茶招待來。」

客人被請到有兩扇短屏風隔住的飲茶區，一組放列在玻璃櫥裡的展覽品泥人，更是精緻絕倫，和市售的泥娃娃迥然不同，看得那些店夥們兩眼發直。

「這也都是妳捏的嗎？」

「不，這是我母親捏的，她已經死了好些年了。我捏泥娃娃，全是跟她學的。」

「哇，這些泥娃娃捏得太好了！」老陸說：「它們也出賣嗎？」

「早些時，也都出賣，只是價錢高很多。後來，我母親捏的泥人剩的不多了，我就特別做了新的櫃子，把它移過這邊，當成紀念品，對一般的客人來說，我是不賣的。」

「這麼鮮活的泥人，放久了，全成精作怪的。」

「噯呀，老先生，您真會開玩笑，泥人是泥巴做的，怎麼會作怪呢!?」

「那妳就不明白了，在日本，有座很古老的廟宇，廟裡供著一個白瓷的娃娃，供久了，那瓷娃娃的頭上，竟然會長出黑頭髮來，越來越長，能拖到腰，廟祝把它剪短，它會再長！」

「哎喲，真的嚇壞人喲！」店主說。

「其實，沒有什麼好駭怕，好的『藝術品』才會這樣，因為捏它的人，把心意捏進去啦，廠造的那些泥人放得再久，也添不出靈氣來的。」

「老先生太會講話吶，您既然不怕，我特別讓您在這櫥裡挑選一件，帶回台灣去做紀念，價錢不計較，給您特別折扣好了。」

既然店主這麼說，老陸就又仔細挑了一件，付了高於市售泥人十倍的價錢，把它買了，和店主道別，回九龍飯店去。

大體上說，老陸這次回鄉旅遊，非常圓滿愉快，吃也吃了，玩也玩了，尤其是他買到的兩只泥人，母女倆手捏的藝術精品，使他感到滿意極了。俗說：人不親土親，土不親水親，泥人是用家鄉的水和土捏成的，加上那風韻柔雅的女店主，待客是那麼親切殷勤，可說是人、水、土三者俱親，不虛此行啦！他把兩只可愛的泥娃娃，用特製的玻璃罩罩妥，放置在臥室的床頭架上。

說也怪，自從這兩個泥人入宅之後，老陸就常做噩夢。他沒想到是泥人作怪，他夢到當年遭他強暴的女工，披頭散髮的撲向他，大喊著要他賠命，他夢到咯血死去的俞老頭，兩眼直瞪著他。他從老家回來沒到一個月，就住進了醫院，顯出精神分裂的症狀。

他經常坐在病床上，兩眼直直的，朝空裡喃喃著，彷彿是在對誰說話的樣子，他所說的話，往往是斷斷續續，沒頭沒腦。

「小俞，妳饒了我……老太爺，我沒存心坑害您，……我……我，全都是我的錯，……我去對質，我一定去，那女兒我見過了，她全不知我是誰，……我強暴留的種，我作的孽，該受天罰……」

老陸就是在那種精神崩潰狀況下去世的。老陸生前很記恨的、他的小同鄉之一，家住惠山的南山腳下，早年在市場賣菜，他認為老陸確實是遭到了活報應。當初被老陸威脅強暴的女工姓俞，和這位老鄉是表親。小俞被老陸強暴過後，得孕在身，曾找醫生開方，用紅花、麝香打過胎，兩次居然打不下，俞家逼不得已才提出控告。老陸花錢買通關節，使原本有理的俞家敗訴，鬱死了俞家老頭，又拖累俞老太太跳河身亡，小俞年紀輕輕失去父母，肚裡又懷著強暴成胎的孽種，為了生活，轉至惠山學著捏泥人，把孩子生出來，是個女孩兒。三十八年，大陸變色，老陸腳底抹油，先跑到台灣來了。小俞心裡記恨已極，每捏一個泥人，都要詛咒老陸萬遍。小俞死後，那女兒接掌了這爿泥人鋪子，無巧無不巧，老陸竟一頭撞進這爿泥人鋪裡來，除買了他女兒手捏的泥人，更買了小俞手捏的泥人……

人常相信氣機相感，老陸做了虧心的事，引來報復的靈氣，吸附在他身上，使他瘋狂而死，說穿了也是很自然的事，沒什麼好驚怪的。

事例四　善惡到頭終有報

我總覺得，在人世間，「因果」律是常律之一。「果」是「因」累積出來的，而「因」卻是「果」的根由。因果的關係，或隱、或顯，縱橫參差，非常奇妙複雜，有時候關乎善惡生死，有時候非善非惡，只是很自然的現象，但善果和惡果的滋味，卻有天壤之別了。但現今世人，往往把這種常律當成落伍迷信，更能舉出許多惡人當道、善人遭殃的例子，說明「因果律」是無稽之談，從民間的若干流行諺語，足可見其一斑。比如：「人善被人欺，馬善被人騎」、「人怕硬，鬼怕惡」、「馬無夜草不肥，人無橫財不富」、「狼行千里吃肉，豬行萬里吃糠」。因此，主張拒善、鬥狠、發橫財、做狼……逞慾圖快於一時，不計一切可能的後果。佛家有些警語說：「善惡到頭終有報，只爭來早與來遲」，一旦果報臨頭，那可就悔之晚矣了。

因果報應活剮驢

早年在河南洛陽東關外，有個姓鄭的屠戶，他是個賣驢肉的，他所賣的是「活驢肉」，味道當然十分鮮美，每天都門庭若市，得要排長龍才能買得到。

老鄭把店裡的中間挖出一個長方形的坑，坑面鋪了一塊厚木板，木板四角挖了碗大的圓洞。他把一匹活驢牽過來，讓驢的四蹄陷進坑洞，那匹驢就活活的鎖住，不能動彈了，坑邊上有個大火爐，爐上燒有幾大銅壺的滾水，來買驢肉的人，可以指定驢身上任何他們想吃的部位，比如說左邊的一塊驢屁股肉，老鄭就一手拿刀，一手拎壺，把滾水澆在驢屁股上，然後刮脫驢毛，活切下一塊給客人。

可憐那匹驢的嘴，早就被口罩勒緊，根本叫不出聲，但是先燙後割的痛苦，使牠兩眼暴凸，發出閃閃的綠光來，可見被活剮的苦楚已到了極致了。通常一頭驢子，不到一個時辰，就全被剮剔得只剩一副骨架了。

老鄭用這種殘忍已極的新花樣賣驢肉，幾年裡頭，確實賺進了不少的錢財。有天夜晚，他做了一個夢，夢到一個驢頭人身的怪物，站在他的面前，對他說：「鄭屠戶，你惡貫滿盈，該遭活報了！很快就讓你嚐嚐活燙活剮的滋味！」

「你你……你是誰？敢這麼說！」

「我上前輩子，跟你一樣是人，因為作了惡，罰變成驢。受罰變驢是冥律，我沒什麼好埋怨的，但我不該落在你的手裡，枉受那些不該受的苦楚。凡是經你燙剮的驢靈，全都向陰司控訴你的惡毒凶殘，如今陰司業已准了狀，你等著受罪罷。」

「哼！老子偏不信這個邪！」

老鄭驚醒過來，想起剛剛做的夢，連喊三聲「呸！呸！呸！」就破口大罵起來。罵什麼也改不了事實，第二天早上，老鄭就得了一種罕見的怪病，他覺得心裡像燒起一把旺火，從裡朝外，燒得他四肢百骸痛楚萬分，那種刀割般的劇疼，使他在床上不停的翻滾轉側，哪還能起來燒水、牽驢、開門賣驢肉？

還是左右鄰舍，瞧見外面買客擂門，這才幫忙破門而入，把他救去送醫的。老鄭被人用門板抬去就醫，還大喊著：「只要誰醫得好我，我有的是錢！」

城裡醫生看了他的病，說是這病怪得緊，他看病多年，還沒遇過這種病例，只能開出退火止痛的藥方，使他略微減輕一點痛苦。

但鄭屠戶的這個病，喝了湯藥後，病情不減反增，渾身燒得火毒毒的紅，皮膚上出現了一塊塊龜背形的裂紋。他換找好幾位醫生，一概沒有用。

逐漸的，他從屁股上開始一塊一塊的脫皮潰爛，好像被滾水澆燙的一樣。脫了皮，打肉從外朝裡爛，爛肉化成惡臭的膿汁流出來，瘡口變成一個洞，更好像被刀剜的一樣。他熬忍不得，大叫說：

「讓我死了罷！讓我死了罷！」

但人命關天，天不讓他死，誰敢讓他死呢？

鄭屠戶這個病，就這樣一天天的惡化下去，起先還有人照顧他，到後來，他被抬回驢肉鋪，把他放在剜驢的木板上，除了族裡給他送些飲食外，就沒人再管他了。拖到夏天，他全身都脫了皮，爛了肉，一屋子的腥臭氣，隨風飄到街上，使過路的人都得捏起鼻子走，一邊念叨著：「現世報啊！」

鄭屠戶整整活挨了一年才斷了氣，兩眼大睜著，眼珠因熬痛突出在眼眶外面，渾身完全爛光，瞧得見五臟六腑，跟燙剝光了的驢骨架全沒兩樣。

•夢兆警示勿妄行

傳說裡有太多果報的故事，警示人類不要妄殺、妄語、妄念、妄行，但這些古人聞之凜懼的勸善書，今人多不把它當那麼一回事，真不知是怎麼想的。古代婦人懷胎得孕，臨分娩的時候，常有一些奇異的夢兆，像岳母夢大鵬而生岳飛就是典型的例子。有人夢熊、夢麒麟，有仙女，非但紅光滿室，香氣襲人，而且空中還響著樂聲呢。有些人家，孕婦所做的夢，就沒那些好事了。有的夢到夜叉鬼怪，有的夢到惡漢上門討債，生下的孩子，若非拖累家族的凶犯，就是傾家蕩產的敗家精。姑不論這些夢的真假（其實，任何夢都無法化驗），但總和人的氣機有交感作用，從結果倒著推論，會覺得很有玄機，滿靈動的。

有人說我半生行事，保守又膽小，我一笑置之。膽小正是一門高深的人生哲學，正因膽小，我便不妄求、不妄為。我深信人在動念之時，天地鬼神鑒之。信與不信，只好由你了。

輯二・靈異傳奇

星空的冥想

最早認識星空，是在夏夜的搖籃裡，微風拂著柳枝，打麥場角是趁涼的好地方，姑娘們唱著謠歌：「一閃一閃亮晶晶，滿天都是小星星，掛在天空放光明，好像青石板上釘銅釘。」

愛說故事的奶奶雖沒讀過書，但她卻是我童年知識的啟蒙者，最早的課本不是書，而是張掛在夜空的星圖。她最先讓我認識的是掛在北方的「大杓頭」（即北斗七星），她說那是指路的大星，鄉下人走夜路，迷失了方向，抬頭看到北極星，立刻就辨明了方向啦。

她又指著偏東天空中三顆連成直線的大星，說那就叫三星，在偏西一方的一團密集的星，叫「串盤」星，這兩種星一年四季都不停的移動，人們根據它們就學會計算季節，因此，它們算是季節星，她一面說，一面唱起謠歌來：

「三星趕串盤啊，趕上了吃饅饅啊！」

當時的鄉下人，生活貧苦，只有在過大年的時刻，才有白麵大饅頭吃，也就表示出：當三星緊靠著串盤星時，就是年節到了。

在奶奶的精神世界裡，天上的星星和人間世界是緊密相連的，像群星環繞的紫微星就是「帝王星」，左輔右弼的星分別是「文曲星」、「武曲星」，它們下凡後，就是出將入相的人物。青龍星和白虎星，都是帶有剛煞之氣的「戰星」，而且青龍遇上白虎，會鬥得天昏地暗，日色無光；此外像廿八宿的主星，也會臨凡作為將帥，廝殺無休。

「嗨！」奶奶嘆口氣，又唱起謠歌來：

「天上一顆星啊！地上一個人啊！天上星多月不明，地上人多心不平啊！」

奶奶講過太多星宿的故事，講過青龍四轉世、白虎三投唐，並認為唐初開國時的勇將羅成就是白虎星轉世。在民俗唱本裡，白馬銀槍的小羅成真是少年英銳，勇不可當；唐代中期的郭子儀，也是白虎星轉世，因為他懂得急流勇退，明哲保身，才能終身順吉。而安祿山就是青龍星轉世，雖能興兵作亂，逼得玄宗遷都，但後來仍敗於李光弼之手，不得善終。

在籠霧般銀河兩岸，奶奶特別指出兩顆星，左岸較亮的星是「織女星」，右岸光度較弱的是「牽牛郎」，並為我講說了牛郎織女的故事，奶奶把「銀河」叫做「天河」，並認為天河的水是和地上的黃河相通的，她用謠歌唱出：

「黃河之水天上來，奔流到海不復回！」

唐代詩人劉禹錫曾經以「朱雀橋邊野草花，烏衣巷口夕陽斜，舊時王謝堂前燕，飛入尋常百姓家」一詩名世，這位詩人擔任刺史的時候，曾經乘舟溯黃河而上，視察兩岸情勢，於頂風逆浪行程中，一時詩興大發，寫出一首氣勢雄莽的好詩：

「九曲黃河萬里沙，浪淘風簸自天涯，於今直上黃河去，同到牽牛織女家。」

好一個「同到牽牛織女家」，是多麼美妙的飛天想像，單是這一句，已使我終生難忘了！我相信劉禹錫的童年，一樣聽過「黃河之水天上來，奔流到海不復回」的謠歌，也曾相信過黃河直通天河，才能夠靈飛雲漢罷。

在我童年的眼裡，繁星羅列的夜空，是美麗而燦爛的，很像人間夜市般的熱鬧。如果每顆星都是銅釘大的小精靈，會在天上朝我眨眼，我真的好喜歡祂們，恨不得出竅飛天，像捉螢火蟲一樣，捉上一把放在袋囊裡，隨時掏出來把玩一番，和祂們結為好友，可以悄悄咬耳朵，說些心裡的悄悄話。

我當時在想，這些活在遠方的精靈，依形體論，實在太小了，我只要用一只小布袋，就可捉幾百隻星星回來。後來，我讀唐代詩人杜牧詩：「銀燭秋光冷畫屏，輕羅小扇撲流螢，天階夜色涼如水，坐看牽牛織女星。」

杜牧乃世代纓簪的貴公子，迥非同宗杜甫可比，杜甫生當流離的亂世，多年來輾轉道途，受盡千辛萬苦，故其詩多寫亂世的動離，反映出社會真實景況，而杜牧的詩十分輕俏自然，具有多面的蘊藉感，我深切體會到，古老時代的人們觀看星圖的心境。

在多感多夢的童年，看星成為最大的樂趣，一個個的星座、星宿和星團，構成了萬家燈火般的光燦，它們像是許多不同聚落和家族，用光的芒角相互交語，夜空是如此的繁華熱鬧，秩序井然。隨著年齡的增長，我會跑到較高丘陵上去眺望南極星，更知道伴隨月亮的那顆星是金星，日出前，獨留在東方的那顆星是天狼星，奶奶的謠歌是唱不完的：

「東青龍啊西白虎，南朱雀呀北玄武。」

在亂世中辭家浪跡，一生再也沒見過奶奶，但走南到北，夜晚行軍時，卻總把星圖揹在背上，我總在想，天空的星族為什麼那樣的自然，親密和諧，而地上卻充滿了殺伐的刀兵？

我們是「則天法地」的民族，在先秦期就產生了多項文明的創造，單就天文學發展而言，在《尚書．天官志》中，即已列出若干主要的星座，以當時而言，星象知識實位居世界頂點，漢代的天文學大家張衡，更能在傳統基石上發揚光大，為舉世所欽仰，至今，月球上有一座山，被世界天文學家會議命名為張衡山，同時被挺舉的華籍天文學家，如高平子等，還有好幾位呢！

事實上，我們民族遠古時期對天文的體認，並未能朝系統性科學路向去發展，反而被用來作為占卜、推算方面去，所謂「夜觀天象」也者，並無科學的依據。尤其到了兩漢之後，圖讖之學大盛，凡事講求「洪範五行」、「皇極世經」，再不然就是「河圖洛書」，把人們的意識籠罩其中，削弱了獨立的理性思考空間。現代略具知識的人，都了解天文學的發展，首重「光學」，伽利略發明了天文望遠鏡，才算是正式敲開了無際星空的門戶。

嚴格說來，秦漢之後，我們的文化發展，產生了若干病態，例如說：羅盤、火藥、指南針，為我國之三大發明，我們的羅盤，被術家配以五行八卦，用在卜算居宅和陰宅，我們的火藥，被用來當成鞭炮，我們的指南針，也未能充分使用在科學上。而在歐美，卻將原始羅盤不斷改進，用於航海和航空，將火藥不斷改進用於火炮和航天火箭上，一般腐儒並不能窺知全豹，在檢討民族文化發展時，曾興起「文化大論戰」，自五四以來，喧呶不休，保守派堅持「心性」之學，革新派主張全盤西化，調和派主張「中學為體，西學為用」。但我這蠢笨的老者，於遍讀論戰文集後，卻覺得啞然失笑。蓋孔子時代所留下的經典，在教育方面，講究文武兼資，德術俱備，當時的六藝教育，即具有這樣的意旨，而且孔子將其「文學」觀和「科學」觀平衡看待，並無厚薄之分，經上明明說是：「盡己之性以及人之性，盡人之性以及物之性，盡物之性，而參天地之化育。」

「推己及人」是參悟人生的，「推人及物」，是要人以大自然為師，提煉物質為人所用，根本上正是「科學」觀，任何一個民族，文學與科學正如鵬鳥的雙翼，須得雙翼齊展，方能一飛沖天，而保守腐儒抱殘守闕，一味談「心」論「性」，視科技人才為「匠人」，如工匠、鐵匠、銅匠、瓦匠、木匠、泥水匠……把各類科學人才都貶為匠人，惟將士人尊為「鴻儒」，可入於殿堂，盡享高官厚祿，士的自我膨脹，各以「道統」自居，實為中華文化發展失衡的主因。

在唯心學派的觀念中，西洋文化對於「及物」之學，特別著重「深知透識」的分析性與實踐性，故此，諸如天文學、地理學、地質學、冶煉學、流體力學、水文學、海洋學、礦物學、生理與心理醫學、機械學、航海學、航天學……各類單項科學，都能在短時間內有著突飛猛進的發展，所謂「船堅砲利」是最明顯的證明。因此他們認定：古老中華若想脫胎換骨，必須「全盤西化」。

另一派不中不西的和事佬，則提出「中學為體，西學為用」，但本乎何「體」？又如何結合實「用」？唯心唯物的爭端又起，根本都是文化分歧的流毒。反觀東鄰日本，在其歷史上有兩次大革新之舉措，一次為中世紀之「大化革新」，在各項典、章、制度上，全面學習漢唐，諸如官制、民政、地政、戶政……都能明確畫分，有效執行。另一次則為近代之「明治維新」，日本克復了延續數百年的內部戰亂，舉國一致，學習歐陸現代之科技文明，他們閉關兩百餘年，復出後氣象一新，卒能成為東方新興的強國。

滿清末葉，昏憒愚庸，吏風敗壞，列強自多面窺視，自命為「天朝」之中華，竟然百孔千瘡，至此，內憂外患迭起，幾無寧日。中日甲午之役，我半端之北洋艦隊，一擊而潰，無怪列強肆無忌憚，備加侵凌也。八國聯軍入侵後，清廷業已衰象畢露，對列強屈膝求和矣！自鴉片戰爭後，每項中外衝突，簽訂和約，不是「割地」就是「賠款」，經常是「割地賠款」兼而有之！我民族顏面盡失，莫此為甚！

對新學略具先見之舊臣，如左宗棠、張之洞之流，祇能作局部的興革，但也橫遭非議，無法作出全面性的進展。

在各種單項科學進展中，落後最多的，首推「天文」學，以肉眼觀星，與以「天文望遠觀星」，確實相差「十萬八千里」，而「光」學，實為人類探測宇宙的不二法門。

世界二字，乃為極端抽象的名詞，所謂「世」者，實指人世而言，世界者，乃指「人世」的界限也。迄今為止，同光速、類光速，仍為當今科學家最高的夢想，每秒十八萬六千哩的速度，乃當前科學不可達致者，如果達致此種速度，連地球最堅硬的物體——鑽石，仍會氣化為烏有。世界目前最大的天文望遠鏡，已可望見十億以上的類銀河系的星系，實達「匪夷所思」的程度。按一個銀河系的星球，已數以「兆」計，十億銀河系的星球，直如釋尊所言：「三百六十條恆河沙數」矣。

廿世紀的科技進展，對人類而言是一段輝煌的里程，但對無極昊天而言，祇是嬰兒學步罷了！人類的科學，建立於「研證」求真的基礎上，任何事物的認定，必須經過科學家以「反覆的檢驗與多面的證明」來肯定它，並寫成定理、定律，傳諸後世。實質上，這些定理與定律，只是在某一橫切面時空中所建立的「假定性的肯定」，就好像體育界所創造的「世界紀錄」一般，終被後來者所打破。人類汲納傳統文化，激發再創造的力能，總是可喜之事，但「科學萬能」說，多少有些「老王賣瓜」。

就拿燦爛的星圖來說吧，每一粒在夜空中向我眨眼的小星星，它們距離我們地球的遠近，完全不盡相同，除了太陽系的八大行星，算是我們近鄰，太陽系外的星球，距離我們多是以「光年」來計算的，我們在同一個夜晚所見的繁星，其實都是虛幻的光影，落在我們的眼中而已。例如一顆距離我們有一百光年的星，我們看到它時，已經是地球時間的四億五千萬年的事，即使用美國國家天文望遠鏡，所看到的天文現象，也都是超級「馬後炮」，拿什麼去「驗」，用什麼去「證」？地球是宇宙的一個微塵，我們只是微塵中的菌類，說什麼「萬歲」，道什麼「永恆」？

我們的「光」學，遠遠落後，但精神感悟之學，並不落後於世。道，可道，非恆道；名，可名，非恆名。老子已教訓後世，道與名，以人的立場講出來，就不是永恆了（注：馬王堆出土之竹簡，甲本為先秦期原本，常字原為恆字，乙本為漢代本，避帝諱，更恆為常）。

我在青春期，避亂隨軍來到台灣，當時，台灣電力不足，光害有限，夜晚仍可見到群星羅列，讓我能勾起老祖母時代星空的回憶。但經過一甲子的時代演進，我們的科技文明日益演進，光害之強，使我們逐漸失去了「星圖」教學的課本，遷居台北都會五十年，我們能以肉眼觀測星空，最多也不過二三十顆。所幸我的長子，一度執教於高雄那瑪夏鄉的民權國中，我每年夏天，都夜宿那瑪夏鄉國中宿舍，夜來不寐，在校中操場觀天，繁密星圖，重現了我童稚的夢影。

那永遠的星圖，一直存留在我心中，它是啟發我智慧的鎖匙，打開我冥想的門扉，飛入昊天無極之大空。

三界的玄思

是什麼樣的巨力，能讓天宇中恆河沙數的星球，依著既定的軌道旋轉不停？是什麼樣的玄祕，使宇宙充滿光明？光源究竟是從何處湧出，能照耀恆古？窮人類思維的極致，恐也難以揭現絕對宇宙的奧妙了。我們僅能稱頌自然中內蘊著超常的靈力，支配著相對宇宙的運行，諸行的生生滅滅，盡在它掌握之中：所謂神，並非是擬人化的主宰，而是無極之空誕生萬物的一種申示，它像打擊樂般時時敲擊著人類的靈魂。

絕對宇宙的光明大海

早在古遠時代，許多宗教家、哲學家，就在思考這些問題。在當時，並無「驗證科學」的基礎，宗教哲學的發現，全靠自身的慧力發為靈悟，這是一種靈通的直見真理，而一般哲學家，則是經由分析、比較、歸納，循邏輯推演方法，去推定物象，間接觸發人的領悟。

在絕對宇宙一片大光明的海洋中，會使人知覺到，光是具有萬智萬能的神靈，地、水、火、風，若不經光合，就無法形成。光非物質，它能貫融於一切物質之中，並孕化萬物，我們稱它為生命之母，洵不為過。人類有形的身體，雖是由高級物質組成的，但人類的靈魂卻源自光，光的靈粒瀰漫在相對宇宙的空間裡，成為生命的靈素。它和絕對宇宙一體相通，色界一切生物都經過這種靈素的投注，人和動植物之間，只是靈質的多寡強弱而已。

科學家把地球大氣層外的太空，稱之為真空，因為人是呼吸性的動物，無法在沒有空氣的環境裡生存。實際上，宇宙的生命型態是多種的，太陽的火粒，都可能是智慧高於人類萬倍的生靈，而我們所謂的真空，應該是玄空、妙空、靈空或光空，誠如老子所說：「玄之又玄，眾妙之門」。一個人若不能領悟生命的本源，以無限去啟發靈智，提升生命的境界，則他的生命是難有較大格局的。

古今的宗教家和哲學家，大都肯定神人鬼三界和金木水火土五行，他們相信，人類可以藉著修為，逐步的「跳出三界外，不在五行中」，道家謂之「成道」，儒家謂之「見性」，佛家謂之「涅盤」，那就是使靈魂擺脫物質世界的局限，飛升天界。

我在小時候，常聽人說起神人鬼三界的故事，說上有十八層天，下有十八層地獄；又有人說天分卅三層的，當時也只把它當成神話故事在聽。後來讀佛學經典，釋尊在《楞嚴經》卷八末段和卷九首段，提出三層廿八級天堂，並且形容各級天堂的光景。許多現代科學家也相信絕對宇宙的大空是有層次的，而這種層次和光流出的亮度與速率有關。光源的絕對光，或稱為常寂光、無極光，這類的天光又被稱為慈光、真光、聖光或神光，落在各星球上，則變為相對光，如電光、火光、陽光、月光、星光，但光的本身是一體的，它有色無體，不分不隔、不斷、不斥，所以有人提出神人一體、陰陽一理的看法來。人類的靈魂，原是天地間含有靈性的光粒，它是純屬陽性的，因為投入身體之後，受到物欲的汙染，變成多陰性的靈子，運動緩慢沉遲，很難飛回光的老家去了，因此，天界神界在人們的感覺裡，就顯得「仰之彌高」，似乎是很遙遠了。

拓展性靈調和中道

一般凡夫俗子，多是順慾而為，貪生懼死，把肉體的假我當成真我，不懂得「無我即見我」，「無為而無不為」，沉溺在滔滔慾海裡，反而嘆說：「人下地獄很容易，三腳兩步就到了，若論上天堂，那可就千難萬難了！」我們不否認，人有許多基本的慾望，慾望也是人類創造的動力，有些慾望是自然慾，像耳聽聲、眼觀色、渴求飲、飢求食，人人盼望福、祿、壽、喜、財。有些慾望是正慾，像修身、齊家、治國、創造、開拓、救世；有些慾望則是邪慾，像貪求、說謊、強取、詐騙、固執、痴愚……順著正慾走，人就會上達；順著邪慾走，人就會下達。孔子說：「君子上達，小人下達」，正是這個道理。

說我是藉機說教嗎？根本不是，我雖是個慕道、尊儒、崇佛、敬天的人，但半生自度不成，哪有能為去度化芸芸眾生？有一次在公開演講的場合，我自承修習半生，非但沒修成「仙」風「道」骨，反而弄成半人半鬼的人物。我直認自己是老猴的心性、餓鬼的肚腸，我這輩子沒做很大的壞事，並非是我具有什麼樣克己修身的哲學，而是三個字——膽子小，如果膽大，我不妄為才怪呢。不過，一個人要是能緊抱膽子，有始有終過一輩子，倒也是另一種守成的哲學，一般人想辦得到，也並非易事呢。

孔子之所以成為儒學大宗師，因為他為學不像宗教家那樣高遠，也不像靈學家那樣玄祕，而是鎖定在人的本位上，本著道不離人的認知，勉人遵行天道，拓展性靈，向內聖外王的境界去追尋。他說過：「不知生，焉知死」：如果我們連做人的本務都沒做好，侈談鬼神又有什麼用呢？按照現代的觀念看，神界屬陽，是鐳、氫、核的力能構成的；鬼界屬陰，是陰電子、陰離子構成的；居於地面的人類，則是環陰抱陽而生的氣生動物，陰陽二氣的激盪，陰陽兩電的交感，匯成無數形體生命，而靈魂的光粒入胎，才使人類具有高度靈性。

可惜這一點靈光入體之後，卻被人慾給蒙蔽住了，東西方的聖哲多認為人有三心：神心、人心、獸心，也就是神識、智識和人識，如果人總以人識為主，極盡貪、痴、愚、頑、憎、怨、怒、恨之能事，充其量，他只是高級的獸心人，誠如孟子所言：「人之異於禽獸者幾希？」

天給人類的世界，原本是美好的，全是橫流的人慾，把一體的世界切割成許多碎片，一步一荊棘，一步一危機，人與人、國與國的關係，搞得如此尖銳複雜，充滿疑忌和權謀。世界各大宗教的本義都是好的，它們所認識的天與神，也只是同一絕對宇宙，由於宗教產生的背景不同，認知的方式不同，人所訂立的敬拜儀式有所差異，各宗教也就各是其是，各非其非，甚至由教派的內鬨，發展成不同宗教間的戰爭。同為地球人類，手足相殘，這豈能說成是上天的意旨？根本是人為的因素在作祟。

人處在陰陽二氣激盪中，如何取得調和，確是極緊要的課題。人在年輕的時候，應該用篤實務本的精神，打好生命的底子，不論是品格學養哪方面，都足以自立，不須仰仗他人，等到立業成家、衣食無虞之後，就要在知止上面下工夫，不能過分貪求。人到世情漸淡的中年，能夠知足常樂，以畢生的服務貢獻，溫暖逐漸老去的心胸，這種堅守中道的平衡，是人生最好的型態之一。

有些人基於本身的性格，總愛逆命挑戰或抗爭，這類人勇氣可嘉，一生波瀾起伏，憂患重重，但他們能視苦如甘，心安理得，生命也就值價了。更有些人為了財色權謀，逞匹夫之勇，依血氣行事，作奸犯科，賭命玩命，早早晚晚把一條命玩完，罪惡的靈魂，還得下地獄去忍受無盡的煎熬。

俗說：「人上一百，形形色色」，又說：「一樣米養百樣人」。滾滾紅塵裡，人生百態是說不完的，但少數確具修為的高人，能夠感覺到從人體放射出的靈氣，凡是純良真樸的靈氣，多為青白色，凡是凶橫殘暴的靈氣，多為赭黑色，即使一般人，靈氣放射只限在體外數寸罷了。清代的大儒紀曉嵐深信氣機相感，在人與人之間，有些一見面就十分投緣，那是靈波的頻率相近，彼此產生了親和的感應力；有些一見面就看不順眼，那是靈波頻率差異很大，產生互斥的關係。

若干靈敏的動物，牠們感受人的靈氣要比人更強，像忠心的貓犬能在很遠的地方找回主人家，就是靠著那股氣的吸引。我幼時讀故事，讀到高僧坐在蓮台上說法，除了善男信女前來聽道外，天上的飛禽、地上的猛獸，也都紛赴座前，在我幻想中構成一幅奇景。當時我並不認為那是真的，直到垂暮之年，才體悟到在萬物之間都具有靈的感通，只要具有至誠，就能修到與萬物俱的境界。

科學角度看鬼靈

至於鬼靈的存在，早已不是問題。於今世界許多國家都有靈學社，更多的大學設有靈魂學系和研究所，確具神通的靈媒也頗不乏人。佛家所講的靈魂入胎、住胎和出胎，靈學和科學都已在深入研究中，並已取得相當的成果。人死時，靈魂和肉體分離，便成為在虛空浮盪的鬼魂，佛家認為人有三心，即神心、智心、慾心，這三心被包裹在中陰身裡面，中陰身是一種非物質的透明網絡，極為微茫，它的比重略超過光，靈魂陷在網絡中不能突破，它就無法飛升，我們慣把脫出中陰身累贅的靈魂，看作神靈，一般浮沉於地面的，叫作凡靈或常靈，而黑暗無光，直入地獄的叫作惡靈或魔靈。

在《玉歷寶鈔》這本書裡，提到陰司由地藏王菩薩管轄，下設十殿，都有閻羅王分別掌管。大畫家吳道子更繪過地獄圖，把十八層地獄的悲慘景象，全活生生的裸現在人們眼前。而那傳布廣大民間的地獄圖景，全是擬人化的想像而已。真實說來，一般的凡靈活在地面之上另一空間，它們本身只是無體無形的靈波，含有光質和電質，宇宙自有一種法則轄領它們，很自然的轉入輪迴，所謂輪迴，也只是一種代謝或循環，那是無足驚怪的。

中國的大哲人老子，在《道德經》十二章裡說：「吾所以有大患者，為吾有身，及其無身，吾有何患？」死亡對他而言，只是脫殼。所以他又說：「死而不亡者壽」，所謂不亡，即是身死而神存。靈魂的光粒是遇火不焚，遇水不溺，更無懼刀刃的，無怪有參破生死關的人，以生死一之的態度，坦然面對人生，不憂、不惑、不懼了。

中國人常對另一空間的異物，分成妖魔鬼怪，魑魅魍魎，並且留下太多的傳說故事。事實上，這些正和大氣一樣，大氣裡包含有許多種不同的氣體，靈界也包含有各種不同的靈素，有鬼靈、妖靈、魔靈等等。人的強烈慾望是會招靈惹靈的，一旦招惹邪靈、魔靈附體，人就會在半著魔的情形下，犯下重罪，一個全憑慾心和血氣行事的人，只知道是一時衝動鑄成大錯，不知是受到邪靈的蠱惑。俗話說：「物以類聚」，被惡靈附體的人，首先就要自我反省，自己是言行粗暴呢？還是心術不正呢？要不然，不會無緣無故鬼迷心竅的。

現今世上仍有許多一味迷信科學的人，一提到鬼神，就斥為迷信。事實上，人類科學曾在十九世紀步入唯物主義的迷宮，他們認定在相對宇宙中，唯有物質和運動（即放射性動能），凡物質必占空間，凡運動必占時間，物質和運動與時空有互為因果的關係，因此，時、空、物質、動能、因果，便構成唯物論點的五大柱石。在如此認定下，一切精神世界的論點都認為是不存在的，宗教、神學、靈學，就唯物觀點而言，都是腦細胞放射而出的幻象。若依這種論點，人類只是一批高級的電子零件所構成，藉空氣和食物維持生存，永恆的精神價值全是虛浮不實的，無怪乎現代的文明愈發展，人類的精神愈空虛了。

靈學是新的宇宙哲學

好在到了二十世紀前期，有許多頂風逆浪的科學家紛紛產生新的創見，像德國創發球面幾何學的芮曼，像創發相對論的愛因斯坦，像發現鐳質的居禮夫婦，逐漸的，科學家們知道一切物質均經由不斷放射而消失，並非真實存在。到原子分裂成功之後，更證明「物質」只是一種凍結的能力，一旦凍結分解，便變成陰陽電荷，而電荷只是一種波動，並不是物質。因此，許多科學著作中，都肯定了宇宙最後的根源是精神的，絕對宇宙並非是無心的機械。

我在深夜裡盤膝玄思，奇怪人類怎麼會放棄大的，專爭小的？放棄長遠的，專爭短暫的？物質文明配上橫流的人慾，使美好的人間變成罪惡的淵藪，活著時爭嚷不休，死後還迷戀屍體，迷戀地面，成為戀屍鬼和迷地鬼，誠可悲嘆。衡諸現世的諸般景況，靈學的發展確屬緊要，它不是舊時的迷信之學，而是一種新的宇宙哲學，它能拓展人類的心胸，拓廣人類的視野，使人類在急速的物質創發的同時，保有崇高的心靈質素，它能以超政治、超宗教的靈度，引領人類社會逐步地趨向大同。

靈力與潛能

童年就沉迷在茶樓書場上，聽人説書講古。所講的若不是歷史上的英雄好漢，就是神仙和劍俠，英雄好漢們藝高人膽大，横刀躍馬，爭勝於生死俄頃之間。經過説書人生動的形容，聽眾們都能想像到雙馬交旋、沙場上鏖戰的光景。而神仙和劍俠可都是具有高深法力和道行的，跟一般凡夫俗子就大不相同了。神仙能夠騎乘青鸞彩鳳、金毛吼或麒麟，劍俠能夠乘風御氣，瞬息千里。説書人説那全是修煉而成的，至於怎樣的修煉？説書人就語焉不詳了。其中有個説書人説：「在下若是會修煉，早已成仙得道，四海逍遙去了，哪還會受肚皮的拖累，在這兒為混幾文小錢，説破喉嚨呢？」

由此可見，世上的人儘管羨仙慕道，但都不知修煉的法門，一生若不犯大過錯，死後往生做個輪迴鬼，已經算是好的了。在中國民間，有一些粗糙的板畫，有一幅刻著目蓮僧以禪杖打開地獄去救母的畫面，兩邊寫有聯語説：「舉世盡從忙中老，來生只在眼前修」。每見到這個「修」字，我就會犯疑惑，修修修？究竟是怎麼修啊!?

老道人點化修行之路

七歲那年的冬天，我在逃難的路上，遇著一個慈眉善目的老道人，一頭白髮稀稀疏疏的，挽成一個頂心髻，許多肥大的白蝨子，在髮縫裡爬動，他那件破爛的道袍上，也爬了更多的白蝨子，看上去髒兮兮的。我們一大群人挨著牆壁，擠在多風的走廊下面過夜，在那種滴水成冰的天氣，只靠一堆用撿來柴枝升起的小火取暖。臨到下半夜，起了大風雪，我凍得索索的打抖。

「可憐的小兄弟，你這樣會凍死的，」那老道人捱近我說：「我教你學我這樣盤膝打坐，用真氣護住心窩，心不凍壞，人就沒事。不信，你試試看。」

我沒別的辦法，也只有試了。我學著他，用雙盤趺坐、靜心吐納的方法，坐沒多久，自覺從丹田中湧出一股熱力，騰騰的上升，手腳雖然很冷，但心口卻有了暖意。我和那老道人在一起相處並不久，前後也只幾天光景，但他樂呵呵的樣子，卻像磁石那樣吸引著我。他用小竹筒把捉到的蝨子放進去，裝了半筒，拿到草地去放生。蝨子分明是吃人精血才會活的，放到草地裡不也是死嗎？老道人看出我的疑惑來，就說：

「世上萬物都會化生，蟲卵遇水會變魚，蝨子離開人身，會變其他東西，你如今還小，慢慢就會懂啦！」

實在說，萬物化生的道理，我並沒興趣，我只對他說話瘋瘋顛顛有些好奇，有人稱讚他吃長齋修真，他就跳著唱說：「道人道人且莫誇，哪個汪塘沒魚蝦!?」然後又說：「狐狸兔子都拜月，人不修行會遭劫！」

我跟老道人臨別的時候，問起他怎麼修行？他只拍拍我的頭說：「你只要不忘記打坐就好了！這是根本啦！」

我自己也沒想到，我打坐一直坐了大半輩子，在漫長的旅途上，在烽火瀰天的戰場上，在飢餓、奇寒的環境裡，我都從沒停止過。我打坐並不想成仙成佛，只是想把心靜下來，自省自察，藉以增加一些思考和領悟能力。

從心靈化除苦惱根源

古人用「定、靜、安、慮、得」作為人生修為的基礎工夫，仔細想來，不是沒有道理的。人說：「心不定，神沒命」。面對事物，粗淺浮躁，盲激偏頗，能幹出什麼大事來呢？古時的哲人老子和莊子，都成就於定靜之中，《道德經》和《逍遙遊》那樣的書，豈是一般凡俗的人能悟得到，寫得出的？

佛家和道家，都確認人的靈魂。古希臘的大哲學家，從畢達哥拉斯到蘇格拉底、柏拉圖、亞里斯多德，也都肯定人的精神價值，相對宇宙是由絕對宇宙——無限大空所促生的。大宇宙中充滿靈的原素，我們或可稱它為靈雨，那是從絕對光分散而出的光粒，世上萬物都由這種生命的靈素促生的。一個人如果打開心靈，和萬物相融，則生命對宇宙靈素的汲取力就會加強，靈悟之門大開後，以慧眼觀世，探隱索微也就絕非難事了。

任何大的修為，都得從心靈深處下工夫，把貪痴愚頑、憎怨怒恨逐漸化除，使生活單純嚴整，淡泊寧和，這種道理說起來很簡單，但做起來卻難上加難。因為一般人多是慾心人，高一層的智心常被慾念牽引，更高一層的神心幾乎處於被禁錮的狀態，通常不能展現它的能力。人的慾念有些是生理必需的，飢求食、渴求飲是正常現象；有一些是正當的，比如說：奮鬥上達，實踐理想，只要不為害他人，也並無不妥。但有些私慾如聲色之娛、犬馬之樂，貪得無厭，形成永遠填不滿的溝壑，那就成為人生苦惱的根源。人類最大的毛病是：知善知惡，但卻無法自主性的決定行善行惡，所以有人說善惡往往在於一念之間，如何掌握住那一念，不單靠俗世的學問，而是靠本身的靈悟與修為。

人都具有惰性，容易寬諒自己若干生活行為。許多宗教徒之所以把「持戒」放在前頭，是有其道理的，對儒家而言，也有「君子有所為、有所不為」的警示。我們看到社會持強施暴、作奸犯科的人，一身之不立，如何能有好的下場？惟有行得端坐得正，才能可大可久。

真正的修為在於修心養性，倒不在於表現靈力。那些小法術、小神通用以眩惑世人，不能算得正道。像當年北方所流行的「圓光術」、「關亡術」、「養小鬼」、「拜嬰靈」，有許多已經成為走江湖餬口的把戲；「祝由科」、「魯班術」、「奇門遁甲」、「茅山道」，也都算不得正道。在歷代的筆記裡，有若干心術不正的人，眩法弄術而害人害己者太多了。人的修為，不單是煉什麼法術，而是在生活中點滴行為都要能灌注靈力與道力，把原是虛玄的東西變成人道，靈與法才有光大的作用。

實在說，我是個資質魯愚、粗淺浮陋的人，年輕時貪玩成性，對讀書求學根本沒有耐心。五歲沾酒、七歲抽菸，很多老一輩的人見我莫不搖頭，怕我長大後會伏莽山林、落草為寇，要不然就會變成拎鳥籠、坐茶館的鄉野遊民、街頭的混混，虧得一場戰爭磨練了我，虧得老道人教會我打坐的方法，使我由浮而定，由躁而靜。曾有人問我：「你打坐採用的是釋家？道家？或是哪一類的方法？」我說不出所以然來，只知道進入虛靜之後，感覺到內在的一點靈光，燭照自己的心，從而得到一些朦朧的省悟；久而久之，這種省悟力在體內運轉，形成一道裹著彩色暈輪的光環。在外人眼裡也許它是虛幻無形的，我卻能透過內視看到它，我把本身從生活和書本中得來的知識和經驗投入那種光環，讓它自然的消化，就變成生命的血肉，經悟而得慧。比較來說，聰明只是和智心相通的枝葉，而慧才是根幹。

迎向超靈物理新世紀

若就唯物科學的觀點而言，人是呼吸性動物，人體只是一堆有機物質組成，生理受物理的限制，幾乎可以斷定無法超越物理的極限，即使有極少數人具有特異功能，那也極為有限。我們不能否認，十九世紀歐陸現代科學的全面倡發，對整體人類都具有極其重大的影響，也相對的拓展了人類的生活空間；但唯物物理本身有其局限，尤其是對於靈魂的壓抑和否定，使近代科學和宗教及哲學疏離，在機械刻板的實驗和證明的方式中孤寂前行，行到人類理念之外就顯得欲振乏力了。

實質上，觀察、實驗和證明，只是研創事物的初階，從唯物物理演進到超靈物理，是科學必然的進程，由心靈湧發的想像仍是一切科學原創的基礎。這一點，世上的詩人、文學家、哲學家、宗教家、科學家，都深刻的體認到。從宇宙無限大空裡，誕生出無數星球，從而產生萬物，如果說人是小宇宙，那些星球便是大宇宙的細胞，每個星球本身就是活的生命體，它們一樣是生滅相繼的。佛家所講的「諸行無常」，不正是這個意思嗎？可惜人類的壽命太短促，無法得窺星體生滅的奧祕。許多靈學家相信，人之所不能者謂之神，人若經過靈悟和靈修，人的靈終會和絕對宇宙的大靈互通，產生巨大的靈力。最近地球上常發現神祕的不明飛行物，人通稱其為幽浮，迄今已經有一百卅餘種不同的外形，它們能夠自由的進出地球上空的大氣層，而不產生與空氣摩擦所生的高熱。這些極可能由不同星球來的外星人，他們文明的發展，不知超過地球人若干倍。至少迄今為止，地球人最大的成就，也只是繞著本星球飛行而已，遙遠的星際之旅，仍然是至高的夢想。地球科學家總夢想有一天，人類能發展出一種同光速或近光速的星際飛行器（注：光速每秒十八萬六千三百英里），但一秒鐘能繞地球六圈以上的飛行速度談何容易？有些科學家根據能蒐集到的幽浮資料，認為幽浮的飛行所使用的能源，絕非是地球火箭所使用的固體、液體或核能燃料，而是使用外星人本身的「意念能」。也就是說，外星人能夠使用本身的意念，操縱一艘星際飛行器，使它們實位——物質的，或是虛位——非物質的，使它們加速或降落。果真如此，出於古代想像的劍仙如聶隱娘、空空兒、崑崙奴等輩，能口吐飛劍，百里之外取人首級，那就微不足道了！要是雙方來個文化交流，外星人白送一艘幽浮給地球人，誰夠資格當意念能操控的駕駛員？恐怕只有釋迦牟尼、耶穌、穆罕默德，勉強及格罷!?

對外星人和幽浮研探過程中，科學的認知境界得到了拓展與提升，在無限、常存的絕對宇宙當中，地球人要學習的真是太多太多了。所謂生命，不僅是有形的，更有無形的，在往後的日子裡，科學不得不和靈學、宗教、哲學、文學更緊密的攜手，接受感性的假想命題。多角度的試探總比機械唯物的一己認定要廣闊，先入為主的某些「絕對」觀念，只會妨礙地球人進入無限，這種自省卻是科學界首先提示出來的。

撥開籠罩人間近兩世紀的唯物迷霧，我們慶幸心靈的價值被重新認定。回顧起過往時日那段唯物喧囂的景況，科學掛帥，驗證是從，古代東方西方哲人所重視的性靈，被貶低到生理學的範圍之內，什麼「神靈」、「鬼靈」都是荒謬的迷信。當時的唯物科學家根本不信生命的輪迴之說，誠如中國民間俗語：「人死如燈滅」，「三寸氣在千般用，一旦無常萬事休」，「死了，死了，一死百了」！這些單從生命表面現象去論定生命的觀點，實在是很膚淺的。從絕對宇宙到相對宇宙中，充滿了光和靈素，世上萬物都有靈素促成它們的成長，人類的靈魂本就是光的靈粒，基本上它是不滅的，靈粒和物質形體的分離與再注入，即是世人所謂的生死輪迴了。

地球人類的靈力增長和潛能的發揮，以確認靈魂存在為基本前提，餘下的鍛鍊的方法問題，各宗教都有不同的見解。基督教注重靈修，佛家求取開悟，道家著力於成道，儒家勉人法天則地，天德教和天帝教教人練聖胎。方法雖有不同，但大的標的卻都是向絕對宇宙接近，並覓取溝通和融合，人類的靈力與潛能才能得以充分發揮。

秉於天地的靈注，我們得以生而為人，性靈稟賦高於世間萬物。窮大宇宙的奧祕，實在是人類本然的責任。如果人偏於著重物質組成的肉體，處處以生理需求為主要選擇，貪歡尋樂，隨波逐流，讓靈魂為肉體囚困，那我們只是一個捨大取小的人殼子而已，渾渾噩噩活上一生，糊糊塗塗的離開世界，幾乎同文化絕緣。這類人的死生，和人類大生命的傳承延續又有何影響呢？

迎向超靈物理世紀的宏闊前景，我們應更加警醒奮發，鍛鍊靈力，發展無限生命潛能，使人人從人靈躍升到超靈的境界，能以屬靈的電波和大宇宙交通，古時傳言的呼風喚雨，絕不是空幻的夢想。心電感應的事例，夢的靈幻事例，啟示了人類有一片屬於靈魂的荒野，正在等待人類去開發。當科學和靈學會合，共參共研之際，人間便會見到一片更美好的新地新天。

氣與數

中華民族是特別注重氣數的民族，非但漢族如此，其他五十多個民族亦復如此。中國古代的一部大書《易經》，就是彙集民族最高智慧的宇宙觀，含有深不可測的玄機與數理。人類秉氣而生，不可須臾離氣，但氣的本身充沛於大氣層內的空間，經各類物質和精神混合，就會產生豐繁萬端的變化，像純氧、常氧，像氫和氦，像瓦斯氣體，這都算是物質氣體；像表現在人的氣質方面之氣，像氣勢、氣概、氣節、氣度、氣量、氣韻，那可就是精神方面之氣了。古人說：「道者，德之基也，德者，道之器也。」也就是說，道是原存於宇宙之間的，要靠德的行為去顯彰它，對人才具有意義。人能夠行仁彰德，為萬物之靈，應該是實踐大道的代表，所以，氣和器在意義上是相通的，我們講器宇軒昂，器量寬宏，正是以人為德之表、道之器的說法。

圍繞在人的周圍，有各類不同的氣，有正氣、邪氣、靈氣、魔氣、神氣、鬼氣，這些氣經常和人氣混合，形成了每個人不同的氣質，民間俗話說：「人上一百、形形色色」，又說：「十個指頭有長短，樹木林籠有高低」、「一樣的米、養百樣的人」，這正說明人在氣質上的參差。氣質是否良好，是由人的精神和學養引導而形成的。有些靈學家研究出，人的靈氣會放射，經由七竅放射到體外數寸、數尺遠的地方，具有特殊稟賦的人物，靈氣更能放射到體外更遠的距離，像威嚴之氣、凜然正氣、勇猛之氣、剛烈之氣；像清秀之氣、書卷之氣、儒雅之氣、和藹之氣；像橫暴之氣、狂狷之氣、邪毒之氣、奸狡之氣；像妖媚之氣、淫惡之氣、驕縱之氣、放蕩之氣，都是不同型格的氣。這些氣甭說靈學家了，咱們一般人照樣看得出、嗅得到，所以人相學開宗明義就是要看氣。有修為的相學家看人，準確度極高。X光透視人，只能看到人的生理狀況，而相學綜合了醫學、生理學、遺傳學、精神哲學，除開看生理，還能深度透視人的靈魂。

實在說，老祖先傳下的氣數之學、因果之學，固然是高深的人生哲學，但也蘊有很濃厚的社會科學質素。一般後世人捨本逐末，硬把它當成玄學看待，那就有悖創發的原意了。我以文學的直感，覺得氣的本身是充滿靈素的，氣能養活人，人也能造氣，個人的氣、家庭的氣、社會的氣、國家的氣，根本是互通的，也是相互激盪、彼此影響的，這種長期影響激盪，交織成奧祕玄異的「機數」，氣與機交感，便成為氣數學的發端。

養氣才能造氣

我們人人都具有造氣的本領，那得先看看你是什麼樣的人，有幾斤幾兩的分量，有何等的性格和幾許長才。一般而言，常人可以造些小的氣，大人可以造出大的氣。成語所謂：「叱吒風雲」，用以形容樞紐時代的人為「風雲人物」，這不是造氣嗎？風雲人物能造大的氣是真，可是為禍為福還說不一定，歷史給後世人提供了許多例證，可以供給我們參省學習的。在一般的習慣裡，小氣兩個字是用來罵人的，因為我們早已習慣於崇大卑小；其實，大未必佳，小未必差。這話怎麼說呢？我們看歷史上的黃巢造反，殺人八百萬，在數難逃，擱在今天，黃某一定是風雲人物榜上的頭名狀元；張獻忠在四川殺人如麻，殺人殺到舉眼望不見炊煙他才睡得著覺，殺人不但不難過，反而沾沾自喜的立下七殺碑，刻下他的豪語：「天生萬物以養人，人無一物以報天，殺殺殺殺殺殺殺」！如黃某張某者，儘管讓後世萬人唾罵，但你不能不承認他們是「反面的大人物」，你行嗎？你拔槍打人，就是「槍擊要犯」，你殺死一個人，就是「殺人犯」，早晚會把小命給賠上，黑牛、小馬、劉煥榮那種「痛失英才」的祭弔場面，你還輪不上呢！所以說，能遺臭萬年也是大人物的事，想做反面人物的標本秦檜，你首先得拍上宋高宗的馬屁才行！

反面是警惕，正面是揄揚。你想做岳飛、文天祥，你想做方孝儒、夏完淳，那更不是容易的事，你得要有那種千秋的認定，把腦袋當成芥子，為人間永留一種典範，要不然，只能留下一段歷史笑譚罷了！

大既不能大——不管是留名千古或是遺臭萬年，那你就不妨「自反而縮」，乾脆做個名不見經傳的「小」人物，造一點好的小氣。你做一個「小」丈夫，肯定不會得罪太太；你做一個犧牲奉獻的「小」男人，肯定會受子女的尊敬。你至少可以贏得家庭和諧美滿的福分，使「家和萬事興」。人說：「人死留名，豹死留皮」，咱們名實兩不留，不是更瀟灑俐落嗎？每每聽到葉蒨文的歌「瀟灑走一回」，我就羨慕無已，蓋因我庸庸碌碌，長年被俗務所累，根本瀟灑不起來也。

民族的大史學家司馬遷，以他的煌煌巨著《史記》，替歷史分黑白，為人類辨忠奸，他可以說是一位頂尖的造氣大師，對中華文化傳承發展的影響之深，無與倫比。因為所造的氣橫亙千古，作為後世的鏡鑑，無怪後世賢士勸人多讀歷史，用以養氣了。

氣雖人人都會造，但要使人生平安美滿，順風順水的度過，造出一團和氣，多多增加福氣，那還是需要學習和培養的。有許多人不能深切領會養氣的妙處，常為小事鬱氣，窮生悶氣，亂發脾氣，不但傷生違和，也給別人帶來不安與傷害，真是何苦來哉！

若干有錢有勢的人，不懂培養平易謙和之氣，往往財大氣粗，鼻孔朝人，惹來些不必要的閒氣，使別人充滿怨憤之氣。若干貧窮又不能持志的人，一心巴結權勢，作揖打躬，一副低聲下氣的嘴臉，和對方翹著二郎腿，趾高氣揚恰成鮮明的對照，人若沒有志氣，甘願受這種窩囊氣，也就談不上什麼服不服氣了。

在人間世上，氣和理、氣和勢的關係，可說非常密切。俗說：「有理走遍天下，無理寸步難行」，又說：「理直氣壯」。歷史上的晏子使楚、藺相如保護和氏璧，正因為有「理」字作為基礎，才能以理屈人，有了「氣壯山河」的效應；如果「無理取鬧」，動不動就以暴力脅人，儘管是「氣沖牛斗」，也未必讓人心服。古人以「寓理帥氣」教育後世，可說是至理名言。不過，氣的運用首先得有強健的體魄，漢代彌衡的擊鼓罵曹，應為心堅如鐵、膽壯如山的代表作，要是你一病懨懨，氣若游絲，讓你罵你還罵不完一場戲呢！所謂氣勢，是體魄心膽配合運氣而成的，趙子龍在百萬軍中力保幼主阿斗，是靠義之所至、捨死忘生的精神，英雄的膽氣非同常人；張翼德橫矛立馬於壩陵橋頭，面對滔滔而來的曹兵，一聲巨吼竟吼斷了壩陵橋，那種驚天動地的氣勢，竟嚇阻了曹兵，這該是氣與勢合的典型例證——儘管小說家在形容上略有浮誇，至少，激勵我們鍛鍊心膽的功能是不容置疑的。

人處在複雜的社會環境裡面，人際關係的健全，氣的運用不可或離。說得重一點，氣的修煉和適當運用影響一個人終生的興衰成敗，因不能忍一時之氣而行險僥倖，弄得身敗名裂者比比皆是。氣的運行和變化發諸於心，練心為練氣的根本，有些心術不正，心懷不軌，心如蛇蠍的，練氣也只能練出一股邪氣，為害國家社會罷了。心胸坦蕩的君子，自自然然的就會練得清正之氣來。心平氣和四字，雖常掛在人們的嘴邊，但有多少人會深切品味呢？

老瞎子嗅氣識人

表現在人間的氣，不但可以看得出，更能聞嗅得到。從前有個通靈的老瞎子，慣會聞嗅人的氣味，根本不用「觀顏察色」——其實他什麼都看不見，只要有人站在他面前，讓他伸著鼻子一嗅，他便知你是幹哪行的，是什麼樣的人物。人家問他怎會這套本領的？他說是很簡單：「凡是有氣的物件都有味道，比如雞有雞味、鴨有鴨味、黃鼠狼有牠的騷味；又如花開了，桂花是桂花味、菊花是菊花味、茉莉花是茉莉花味，人只要平素留神，自然能清楚辨別。一般明眼人，被大千世界的五光十色弄得眼花撩亂，神不聚，心不專，在我老瞎子眼裡，他們是『眼亮心盲』，分辨事物的工夫自然差了一大截。可我恰恰相反，我是『眼瞎心亮』，我用心裡的眼看人世，要比肉眼可靠得多。比方看人來說罷，我用辨味知人的方法，像飽學之士有書卷氣，半瓶醋的傢伙卻有屁臭氣，頑硬的老學究有文酸氣，很多女人都有脂粉氣，英雄好漢有剛烈氣，肉頭財主有銅臭氣，貪官汙吏有貪瀆氣，黑道的凶徒有暴戾氣，正因氣中有味，我一嗅便知。」

老瞎子會嗅人的消息不脛而走，有人把病家推了去讓聞嗅，老瞎子一嗅，便皺起眉毛說：「這個人不用嗅了，趕快回去準備棺材罷，他身上業已滿是『屍氣』啦！」果然那個病家回去就一命嗚呼，成了一具硬邦邦的屍體。

老瞎子不但嗅人嗅得準，他更會嗅書。有人把《三國演義》拿給他，他一嗅就說是《三國演義》，因為金戈鐵馬，充滿「刀兵氣」。有人把《紅樓夢》拿給他，他一嗅就說是《紅樓夢》，因為書裡飄出男人的脂粉味。有人把《水滸傳》拿給他，他一嗅就說是《水滸傳》，因為這本書「俠氣裡還有盜氣」，不是《水滸》是什麼!?

老瞎子會嗅人更會嗅書，是我童年期最著迷的故事之一，我總想自己長大以後，也寫些書讓他嗅一嗅。等我著作等身，他早已物故了，要不然，他也許給我「狂犬吠日」，或是「狗屁胡話」的品評罷！至少，我半生執筆為文，這點「自知之明」還是有的。

回到正經的話題，由於氣是可分可聚的，每一時代的社會都是萬氣紛陳，但可以把它匯攏來，看它的整體情況。社會像一艘在怒海裡航行的船隻，不管外在風濤如何凶猛險惡，但整體的安全，實繫在舵公的手上。如果掌舵人經驗老到，能夠指揮若定，善用每一份子的力量，怒海崩舟的慘痛景況就可避免。單靠亂糟糟的民主，你要朝東我要朝西絕不是好辦法，也許架還沒吵完，船已經沉沒了。

紀曉嵐「氣機相感」剖視人生

清代大儒紀曉嵐所創的「氣機相感」說，把科學和玄學作出嘗試性的結合，是極具前瞻性的學說觀念。他所寫《閱微草堂筆記》一書，和蒲留仙的《聊齋誌異》，在本質上全然不同；《聊齋》是發揮高度想像力的文學作品，蒲留仙具有萬物一體觀，以想像補足人類生死的斷弧，文字精美，故事動人；而《閱微草堂筆記》藉著人間許多事例，表露出作者宏大的宇宙觀，充滿智慧的哲思，這種思想多是內蘊的，藉由對事物的判斷品論，自然流露出一些鱗爪來。以一個博通經史、學養深厚，總纂《四庫全書》的大學問家來說，他的「有神論」該不會是盲激偏頗的迷信。他讚賞歐陸的近代科學，但他卻懷疑急功近利的「終極學」，認為人和終極差距太大，單靠驗證的方法是難竟全功的。

紀曉嵐認為各類「氣」的相互感盪和衝擊，形成了很多的玄機妙數，這些人所難見的機數便造成了各人不同的運數和命數。這些數本就是玄妙靈動、變化莫測的，往往與滅於人的一念之間。天道常存而天機難測，天道不變而天機萬變，天道可言而天機不可言，所謂命運，實掌握在各人自己手中，與其算命打卦，求神問卜，不如低下頭來觀看自己的心，他肯定人是要修為的。以上這段話，並非紀曉嵐直接說出來的，而是作者在讀完《閱微草堂筆記》之後，根據作者所懷的意念，加以連綴引申而成的。這段意念實為全書精華所在，更是開啟靈性大門的鎖匙，個人不揣淺陋，為古人代言，實有萬不得已的苦衷，因為談到氣與數，紀曉嵐是最重要的樞紐人物。

氣機相感說，是解剖現實人生的切入點，明乎此，則一切的人生困惑猶疑，都可迎刃而解。紀曉嵐本身沒有特定的宗教觀，他是個學術大儒，又是個玩世不恭的怪胎，他留下許多幽默詼諧的逸事，卻留下更多驚世駭俗的傳聞。有人說他是天狼轉世，一頓能吃一隻乳豬或五斤以上的生豬肉，而且廣置妻妾，每天至少有五次以上的性生活；有人讚他博學強記的工夫超人一等，像《四庫全書》這樣篇幅浩繁，廣如煙海的大書，書裡有任何訛誤，他立刻就能引經據典的指陳出來。

拋卻他個人神話性的傳言不談，這位廣涉三教、博通九流的大才子，對氣與機數的觀念，實在有向人間洩露天機之嫌。就立場而言，他是充滿儒學思想的大儒，他從不反對任何正派宗教，但他反對自私的迷信和形式主義的膜拜。偶爾他也會記錄一些故事，警示一些形式主義的和尚或故弄玄虛的道士，任何修為都不能託大和虛偽。在他的觀念裡，人不但要修心養氣，更要略參機數，前路才會多見平坦。

我曾經接受紀曉嵐的思想，推而廣之去研究體察，越是朝前面去，愈覺得機與數的奧妙無窮。在古代的宗教和哲學中，都有研究機數的數據理論派，他們認為廣大的相對宇宙，都是在神奧的機數中形成的。事實上，單就人類各項科技文明的發展，物理和數據是居於原母地位的，但那只是機械數理，而非超靈數理。人與人、國與國之間氣的激盪，利的爭嚷，數據只能供為參考，永無絕對可言。

異數變數，打亂常數的變局

古人勉人要通情達理，數是根據原理計算而出的，一個知書達理的人，對數的靈動多少會理解一些，使他的命運在寬坦的常數裡主動進行。我們看人生的運數，有「常數」、「異數」、「變數」。所謂「常數」，是依理而行的正常機數，像：「種瓜得瓜，種豆得豆」，「有耕耘方有收穫」，就是想當然耳的常數了。如果世界上的人，人人都活在常數裡面，這世上就沒有怨憤不平的波瀾啦！世上的人際關係相當尖銳複雜，各種慾望形成一片滔滔的慾海，無風都有三尺浪，有若干「異數」混雜進來，無形中破壞了常數的運作。所謂「異數」，有好有壞，有時是種瓜卻得了豆，種豆卻得了瓜，像古典小說裡邊的「姊妹易嫁」、「喬太守亂點鴛鴦譜」就是例子；有時是不種瓜不種豆，照樣啃瓜吃豆，什麼「平步青雲」啦，「橫財發家」啦，「失之東隅收之桑榆」啦……這都是「異數」使然。通常異數是偶然產生的，正巧落在某人頭上，我們應該用得著不喜、失去不憂的心情去對待。異數波動的頻率很大，比不得常數久遠正道。另一種含有凶險成分的數，可稱之為「變數」。處在「變數」之中，人的命運就像航於怒海裡的一葉扁舟，波瀾起伏，四顧茫茫。不過「變數」多半像一場風暴，捱過去之後仍會歸入一片晴藍，極少數的人終生陷在連續的變數裡鬱卒以終。無論是風暴或是連陰雨，無論是烈日炎炎或是迷霧騰騰，每個人在一生中多少會遇到些「變數」，宿命論者大嘆：「好歹都是命，半點不由人」！抗命逆命的人咆哮如雷，想學老虎張嘴——一口吞天。膽小怕事的人乾脆把腦袋一縮，來他個「逆來順受」。神經敏感的人會張皇失措，來一個「臨時抱佛腳」，人說雞靈他就去拜雞，人說狗靈他就去拜狗，把人本的觀念都拋棄掉了。受歐化教育影響的人，抱定「人定勝天」的觀念，在命運的大網裡努力掙扎，但出網的機會微乎其微。這些人多因不明白氣與數之間靈動的關係，才會受到命運的撥弄。

小命大命，積其氣而易其數

中國這個歷史悠遠的民族，有他傳統的氣數觀。民間常說：「小命由人，大命由天」，又說：「謀事在人，成事在天」。所謂小命，就是人的氣與志；所謂大命，就是天的機與數。若說人能完全掌握自己的命運，那也未免太狂妄了一點；若說「萬般皆是命，半點不由人」，完全掉進宿命論的陷阱，那又未免太消極了一點。我倒認為孔子所言：「盡人事以俟天命」說得極為中肯，因為人的命運是一半由人一半由天。孔子在《易經》後段的〈繫辭〉裡面，勉人努力學做「大人」，要我們與鬼神合其吉凶，也就是說，我們在世為人，確立正確的人生觀，凡是有意義有價值的事，義所當擔、理所當為的事，我們努力去做便是，就是遇到任何的挫敗和凶險不測，我們也不怨不尤。有了這樣坦蕩的胸懷，求神問卜都是多餘的了。

歷史上有許多樞紐時代的大人物，多半是識氣知機、樂天知命的人，他們懂得「積其氣而易其數」。舉例來說，你立志想做好一個教育家，首先要健全品德，豐富學養，以真誠關愛的心，適當的教育方式，給予學生一種全人格教育的光照，非但使學生們如沐春風，更使所有的家長都望風景從，這麼一來，不利於你教學的因素，自然會像浮雲似的退開，有利於你教學的因素，自然會像萬川齊匯、浩蕩的奔流。這種莫之能禦的力量，是由氣匯發出來的，以氣易數的道理就是這樣簡單，但對執迷不悟的人來說，卻是終其一生也難做得到的。

從前有句罵人的話，專門譏誚那些不知天高地厚的人，要他們「撒泡尿照照自己的影子」。人到漸趨老境了，愈覺得這句話意味深長。我們處事做人求學問，自覺自悟是第一道重要的關口。定心養氣，得要從「悟」字做起，像我這種無祿無財的老頑童，單求龜息延年就是得天保佑啦！

人生四季

孔子在《易經・繫辭》裡，勉人要「與四時合其序」，拿來比映現實人生，很容易得到一番憬悟。人間有春、夏、秋、冬四個自然時序，而人的一生有童稚期、青少年期、壯年期、中老年期，拿童稚青少年比春，壯年比夏，中年比秋，老年比冬，就生理現實而言，也是頗為恰當的。

春：萌發成長的童稚及青少年期

從童稚到青少年，一般人大都是在父母佑護之下成長，無須直接負擔生計。當然，在大環境的變動中，常有天災人禍，造成流離失所的景況；也有些個別的家庭因素，像父母離異、罹患先天殘疾、特別貧困的孩童，即使活在春天，在心靈裡也很難享受到春景春情。至少生理和靈智的發育成長，環境並不能構成決定性的影響。影響孩童的倒不在於富有和貧困，也不在於世俗眼光裡的幸福和悲苦，而是家長教育孩童的方式，和學校教育、社會教育的啟迪，如何深入了解孩童先天的智能、性向，給予適度的啟迪和鼓舞，才是很緊要的。

處在春天期的孩童，對環境的適應力很強，成年人的很多觀念，對他們並不適用。

他們有太多以苦為樂、以樂為苦的例子，常是成年人想不到的。有些家長望子成龍、盼女成鳳的心太急切，硬把張飛型的孩子逼去學音樂，硬把超強的天才當成胡思亂想的頑童，用自以為是的功利觀把孩子捆成粽子，還美其名叫作「愛」，這樣的情況，愈到現在文明社會裡愈加嚴重。我們經常看到都市孩童生活空間多麼狹小，鐵窗圍繞的公寓斗室，琳琅滿目的機械玩具，澆灌著這些溫室的新芽。

比較起來，我的童年就廣闊得多。我是個典型的鄉野孩童，天是屋頂，大地是床榻，自然萬物都是我的童玩。父親只盼我日後能念完小學，母親只盼我日後做個誠實的人，而我卻很不爭氣，一輩子也沒念完小學，五歲就學會喝酒，七歲就學會吸菸。但違反世俗觀點並不一定就斷言一個人不能成材，粗俗的野地荒天的知識，卻成為我寫作的張本，生為一個中國人，從直接生活和感覺上理解中國，更深於從書本上認知。樹皮草根和白堊堊的觀音土是什麼味道？我知道是因為我吃過！我的舌尖上至今還留有上百種野菜的滋味，因為那些植物使我熬過長長的荒春。

我的童玩都是取自大地的材料，並且都是親手製作的，用高粱稈編成「叫哥哥」的籠子、三層七彩的樓台、用毛狗兒草做成毛毛的狗、用梧桐子的殼兒做成鳳凰、用扁豆莢做成牛車、扁豆花做成猴子、用蘆材製作成各式風箏、用彩色蠶繭兒剪製成繭花，到較大一點的時刻，我們會做長長的蘆笛、捉鳥的鳥夾子、捉野狐的籠子。學著做這些的過程當中，我們和大地同春的感覺，卻是今日城市兒童很難享受到的。

沒有人會痴頑到力抗現代文明，但應在時代自然推進過程中，檢討它的得失優劣，保留一些汰煉和選擇。我從荒野來，觸感較為靈敏，我總覺得自以為是文明人的人，特別著重浮虛的外表而忽視了自然的真純。成年人在教育孩童的時候，總希望孩子跟著潮流走，人家學鋼琴、學小提琴，他的孩子要跟上；人家學古箏、學琵琶，他的孩子要跟上；人家學芭蕾、學民族舞蹈，他的孩子要跟上；人家的孩子進哈佛、進耶魯，他的孩子要跟上。一旦如其所願，便「舉宅歡騰」，甚且「大宴賓朋」，把它當成不得了的榮耀。事實上，違背孩童性向的任何觀念捆縛，都會損害孩童應享有的春天。

大地的春氣，是一種生機盎然的蒸騰。小時候我們常在荒野上看到一種浴在陽光裡的波浪，非煙非霧，恰又近煙近霧，那正是地氣上升的景象。這種湧自地心的蠢動，促生萬物，使其萌發成長。用來比諸人生，幼童到青少年應該是春天時期，是萌發期和成長期，在這一時期，生理和心理的發展都異常快速，青春像噴泉般的鼓湧，四迸出瓔珞般的水花。春天期是人生多思多夢的時期，無數幻想和夢想紛沓而來，以同光速的速度充沛人的靈脈，使人成為「萬物之靈」。人說：「士別三日，刮目相看」，形容這一時期的生命，應該最為恰當。

夏：篤實踐履的壯年期

轉瞬間，春已過去，人到了壯年期，蔥綠的新苗已成長為蔭蔭巨木，夏天是瓜果成熟季節，也正是人生飽滿精壯的階段。一個人到了這一時期，應該是成熟穩厚、篤實踐履的年歲，如果你仍是寵草迷花，一味貪戀已逝的春景，那你難免為人竊笑。你應以成熟的智慧被覆後來者，使它們免除炎炎烈日的炙灼了。有人形容壯年期是人生的盛夏，也是一生事業邁向頂峰的階段，這種形容一點也不誇張。我們看到許多歷史上的賢豪英傑，他們建功立業都在壯年，但對一般人而言，如何擴展胸襟，以誠德待人，謙和處世，卻是重要的課題。蓋因人到得意時，容易犯上「滿則溢」的毛病，在揚眉吐氣之餘，辦事難免輕忽鬆懈，一個跟頭摔下來，照樣傷筋斷骨、鼻青臉腫。

物極必反的易理，最適於用以警示這類夏季型的人。夏季的地氣有亢烈之象，對自信過滿的人尤有較嚴重的影響，更值得注意的是，有些人意氣風發，揮東指西，做起事來無往不利，而無形的危機就已潛伏在四周。所以，最順利的時候，通常也是最危險的時候，這種節骨眼上，應該略作停頓，詳密的檢視四周環境，冷靜的省察本身缺失，防患於未然，弭亂於無形。

我們不難從社會現實景況中察知，許多躊躇志滿的壯年人物，因偶然失足而喪家亡身，有人為的是權力慾望，有人為的是金錢女色，有人為開罪群小，有人為大意粗疏，有人是自我膨脹過度，有人是昏亂發狂陷入盲激……這些人前一階段能夠微有所成，薄有所立，他們確有一些聰明才智，他們忘卻了「開創容易守成難」的古訓，才會從頂峰跌落谷底。古往今來，有多少「眼看你起高樓、眼看你樓坍了」的悲劇，還不足引以為鑑嗎?世上的物質財富，正如「美人黃土」，不足以保久，但人生的精神財富卻若「名士青山」，像李白、杜甫，誰能偷得替得?

秋：融匯萬川的中年期

按照現代人的壽限和生理狀況，五十到六十五該算是人生的中年。闖過壯年這一關，就猶如闖出了三峽的長江，它不再那麼湍急奔騰，怒濤洶湧，它平坦舒闊，更能融匯萬川！過往無數的經驗和教訓，成為他生命的基底，無形中使他的立足點更上層樓。也許他運籌帷幄，本身已退居幕後；也許他心懷恬淡，已重歸自然。人說：「退上一步，天寬地闊」，通常，面臨秋天境界的人，雲水蒼茫、世情漸淡，他們看事情，要比壯年人更廣闊周延、細緻深透，如果說，壯年的鬥士們身在局中，他們已置身局外。人說：「觀棋的比當局的高上三級」，又說：「旁觀者清，當局者迷」，這些都是經驗之談。

中年的人生，應該是氣爽天高，金陽遍灑的收穫季節。秋景秋情，使人在微微嘆噫中有著慰安，逐漸的，時序移轉到秋深葉落、白露為霜，過往的繁華都已成夢景，已逝的難挽，已失的難追，一絲絲孤冷的寒意，直透心胸，悼亡悼失的淒涼，更使人有人生苦短的憬悟。古人詩裡所形容的：「夕陽無限好，只是近黃昏」，不正是年逾花甲的人們心情的寫照嗎？但這只就一般人而言，有些具備高深精神修為的人，恆樂天忘年，照樣用晚晴如曙的心境，來享受這人生的爽秋。

冬：參悟生死的老年期

慢慢的，秋風轉緊，時序上輪到蕭索的冬天。七十後的老人們，在生理上急驟的退化，耳不聰，目不明，齒牙搖落，應為比較普遍的現象，也許有極少數體魄特健的老者，能精神矍爍，直至百齡，而那種鮮見的特例，是不足言範的。一般說來，從中年轉入老境，得要具有更大的學問、更深的智慧，空言不服老，是根本不切實際的。

很多進入風雪殘冬的老人，大都會在寂默中參悟生死輪迴的問題，連畢生講究「唯物」的大科學家也不例外；無盡的大空與超時，是永遠難解的習題，人的生前死後，仍然是顛撲不破的謎團。即使到如今，唯物科學觀遍籠寰宇，但絕大多數人仍堅信人是有靈魂的。人死之後，靈魂究竟歸向何處呢？參悟不破的老人，多少會有些心寒意冷，有些索性不去多想，乾脆過一天了一日，做一天和尚撞一天鐘！有些仍貪生戀樂，暫時忘年，大搞黃昏之戀，正像黃庭堅詞裡所寫的：「黃花白髮相牽挽，付與時人冷眼看」。律己修身很嚴的老人，則對這種玩世不恭的情狀大搖其頭，認為這是作孽坑人，不合儒家道德規範。有些老人晚景淒涼，只能憑反芻過往的蘊藉風流，聊堪告慰；有些老人卻順服自然，既無空想又不強求，自安於自然現象，這時的「該死不得活」，已非迷信和宿命了。

對我而言，我相信屬靈的感與悟，遠超過已經過科學驗證的成果。萬物的靈素都是永存不滅的，因為它和「光」、「空」一樣，完全不屬物質世界。人的死亡只是靈與肉的分離，假我歸入泥土，而真我仍在空間。大宇宙之中，充滿生命的靈素（一種原物質的元素），超乎現世科學的「驗證」之外，生活在相對宇宙中的「地球人類」，只能藉科學探求出局部的「真理」，超靈的預感，永遠走在「實驗科學」的前端。

比起許多先我入世的前行者，我尚不足言老，但在老境橫亙於前的時刻，我會盡力求取不愚不執，把生當成「充實」，把死當作「完成」。人如能穿透生死關，老病垂危有什麼可懼？所謂死亡，只是靈肉分開的自然現象，死去的是肉體軀殼，不是靈魂。

有智慧的老人，用「晚晴如曙」形容人生的冬天。黃昏的夕陽是絢麗的，遺愛於人間是人生最大的樂事，一生中服務貢獻的記憶，正如一盆溫暖的小火，紅紅豔豔的，足以烤熱人寒冷欲去的心胸，有什麼比這更美呢？

從中年轉入老境，對某些執迷的老人而言，卻是非常難堪的。他們常會困惑的自問：我過往的精力到哪兒去了？怎會如此不濟？我怎會髮脫、齒落、耳聾、眼花、心顫、手抖，變得如此狼狽呢？於是，有人像洩了氣的皮球，搖頭大嘆：「嗨，老了！老了、全不中用了！」有人偏不服老，偏要愛幹年輕人愛幹的事，猛耗殘剩的精力，絲毫不加節制，這類的老人是難登人瑞之譜的。但大多數的老人都很樂觀透達，在心情上始終懷著春天的景韻，那種寧靜慈和的笑容，正是心靈綻放的花朵。

把握美好的人生四季

經歷人生四季的人，固然已得天庇佑，樂登壽考；有些人生命短促，一如旋開旋落的春花，英年早逝和中道崩殂，都會使人痛惜惋嘆。其實，美滿的人生，並不在於存活的長短，主要是看它的內容是否豐實完美，那倒比帶病延年、苟延殘喘要好得多，更比所謂「行屍走肉」的人要有價值得多！

總之，活在春天的生靈，要能盡量的展放；活在夏天的人，要成熟穩重，懂得持盈保泰；活在秋境的人，要登高遠矚，自然成境；活在冬季的人，要超乎順逆，遺愛人間。我常說：「美，恆含在人生諸境之中，凡有境界的人生，必有美的蘊藏。」存活原本是美好的，人能夠上體天心，感覺無限，人能夠研發創造，修德踐行，人間本就是一座超越時空的四季並存的花園，從嬰兒花到老人果，琳琅滿目，美不勝收。能潛心汲取人間諸境，樂存斯土，何必天上？

如果我們抱殘守闕，不能以慧悟轉醒心靈，心目中只見我而不見人，讓貪痴愚頑、憎怨怒恨嚙食我們的靈魂，那你豈非四季混沌，枉做一世人了？

儒學和相學

我這個村野卑夫不敢談儒論道，但對儒道的尊崇卻是發乎至誠。儒家講求人本，就是希望把人的精神高度發揮，使其能沛乎天地，以人的有限融會絕對宇宙的無限。夫子講四維八德，講倫理綱常，是要人有所本、有所立，順天道而行，不悖不離。即使沒有這些道理，在每個自然人的方寸之間，也會因揣摩而生憬悟。所以，真儒學不是人為的拘束和刻意設障，卻是人本然當為的。

相學為識人之學

我為何在談相學之前先談幾句儒學呢？因為相學是識人之學，從易理發端，本質上一樣是以人為本的。高等相學包納了人的生理學、心理學、精神學、生理和心理的醫學，也包納了遺傳學、社會學、統計學、文史哲學。正宗相學看人，分外五形和內五形。所謂外五形，是指人的五官、四肢、身形、舉止、動作，凡是能夠眼見的整體外表；這是先天的「相」，也能憑此看出這個人的智力、反應、身心基本結構，是否健康、是否染有疾患？也能看出這個人的屬性、哪類的型格、個性的優劣點及應提示改進的地方；可以看出祖先遺傳的質素、是否有先天福澤等等。其實，相學比諸各類命理學，顯然具有較高的科學性。好的相學家觀人入微，大體上皆有所本，他們甚少以玄異來誇張。

人相學所重的內五形，主要的是看一個人的神、精、氣。神為心靈主帥，一個人如果心定神閒、神志清明、神采飛揚，他的開創力、拓展力都會很強，也就會有較為遠大的前程。精是內蓄的生命能量，也是神的主要護駕，沒有內燃的精力作為後盾，人就會精神耗弱、心神不屬、神色不定，甚至神魂顛倒，這類的人還有什麼前途可言？所謂氣，是精神催發、運行而產生的生命韻律，大多數人都能明顯感覺到的。

綜合內外五形去看一個人，能從他先天的生理結構看到他後天的精神結構，X光照不出的部分，好的相學家都能一目了然。

望聞問切觀人相

好的相學家跟流走江湖混飯餬口的相士可不能混為一談。好的相學家，要具有深廣的書本知識、靈透的生活常識，要有超卓的人相哲學觀與豐富的人生經驗。如果缺乏這些，就算把《麻衣》、《柳莊》背得滾瓜爛熟，一樣無濟於事。這話怎麼說呢？前者具有相當的儒學根柢，再配以陰陽五行，融貫儒家法家，再略注道家之玄，用之於觀人，豈能不「神目如電」乎？

一般說來，身體是靈魂的殿堂。相學的外五形，首先重視一個人先天的生理結構，比方說：人像電池，父母就像製造電瓶的工廠，造出來的電池，是酸性鹼性？是普通的還是長效的？有沒有漏電的情形發生？這種生理狀況的檢視，不要說是相學家，即使你我之輩，也能看出若干端倪來。例如智障兒的眼神是異常呆滯的，眼珠的轉動都異乎常人，你一看就知他是低能。如果一個人心虛情怯，他通常會「賊眼溜溜」的，眼珠亂轉，俗說的「眼神不定，目光閃爍」，這個人所說的多半是謊言（不用測謊器，也估量得八九不離十）。如果一個人五臟虧損，體力耗弱，他的眼光就會虛黯失神，空洞無力，自然透出耗弱之象。古代傳統醫學，為人診察病情，注重望、聞、問、切。所謂望，就是仔細觀察，看病家的氣色、舉動，各類生理反應。所謂聞，就是全盤了解病家過往的病歷、生活環境、起居作息的習慣，更從病家所散發出的氣味，判清病家性格、脾氣、精神狀況、心理趨向。所謂問，就是和病家當面問答，澄清望聞還不能肯定的疑點。所謂切，就是把脈，從純醫學的範疇，逐一印證前三者所得的判斷，憑精準的結論處方用藥。其實，傳統醫學上的這套工夫，用於人相學非常契合，相學家在古代就已採用了。

遺傳學與相學型格

相學以匯萬川為巨流的胸襟，非常開放的態度，不斷隨著時代演進，它的前景宏闊光明是可以預卜的。在這裡，我可以隨手舉出若干的例子，來證實它引用各類單項科學的原因。前些年，美國有位專攻遺傳學的博士，費了很多心力，挑出美國南方兩個家族，來做系統性遺傳基因的研究。其中一個家族，是我們俗謂的「書香門第，詩禮世家」，這個家族的「門風」良好，用適當的教育培養後世，給繼起生命正當的人生價值觀，培養他們高尚的品德，鼓勵他們奮發上進，他們相傳了十七代，培養出五十四位博士，其中有不少世界馳名的人物，這個家族的遺傳基因經他的研究是優良的。而另一個家族，遺傳基因有激烈衝突，產生放蕩、暴戾的傾向，生長在這個家庭中的後代，自小就得忍受打罵，心理更不平衡，在成長過程中，逐漸養成狂蕩、賭博、酗酒、吸毒、鬥毆等不良習性，他們相傳了十九代，許多上了法庭，進了監獄，單是被處死刑的就有十三個。

我們的現代科學發展，尚不及歐美諸國，對於遺傳學的研究，只能說初初發軔。在古老歲月，民間的遺傳觀念，大多停留在想當然耳的感覺階段，比如民諺說：「龍生龍，鳳生鳳，老鼠生兒會打洞」，「老子英雄兒好漢」，「虎父無犬子」，「不是一家人，不進一家門」，這都是遺傳觀念衍布，它雖沒具備科學檢驗證明的基礎，但認知的方向正確，極具科學的前導性。

如果我們都具備遺傳學的觀念，就能夠克制本身的弱點，注重生活環境的改善，教育方式的修正，使暴力犯罪的機率遞減，使那顆隱藏在血管裡的隱形炸彈，終生都沒有爆炸的機會。或可說，遺傳因子的鑑識，是一種積極性的告誡和提示，能使人防患於未然。

相學家看外五形，首先就注重遺傳。民間的一般感覺，到相學家已經轉為靈動準確的超感覺，因為他們在看遺傳因素的同時，已把歷史學、社會學、統計學都活生生的融會進去了，而且要從三百六十度旋轉去看，看他的「正格」、「偏格」、「奇格」和「變格」，這還不算數，還得從形上學、宗教哲學，從善惡、因果、因緣、玄機，和對方的身形、面貌、舉止、言談作反覆印證。這種檢驗的深廣度，不是機械科學的數據論所能相比的。

人有千百種不同的型格。有些型格明顯而突出，我們不妨稱其為「顯型」；有些型格不容易看得清楚，我們不妨稱其為「隱型」。在「顯型」方面，比如：「俠義型」、「寬廣型」、「樂天型」、「忠厚型」、「粗獷型」、「暴戾型」、「油滑型」、「狂狷型」、「盲激型」、「浮誇型」、「奸狡型」、「寒薄型」、「長壽型」、「非命型」、「貧賤型」、「困苦型」、「多智型」、「愚騃型」、「天才型」、「白痴型」、「銳進型」、「保守型」、「猥猥型」、「豺狼型」、「勇猛型」、「怕事型」、「大方型」、「小器型」、「富貴型」、「穩重型」、「好吃懶做型」、「多夢型」、「實幹型」……真是數也數不清。這些顯型的人物，用不著相學家去看，社會一般具有人生經驗的人士，也都能看出一些端倪來。

但「型」只是外貌，可看出的只是粗略的表面，由印象和感覺構成，不能產生比較精準的判定，所以還要看「質」。現代科學上著重人的體質，比如：「多血質」、「神經質」等等，而相學家多半會由「氣」觀「質」。

看了「型」和「質」，還要進一步去研究「命盤」、「命格」。講到命盤命格，就和天時地利有關。曆象的經緯——天干地支，原是命理學的津梁，在相學上一樣的重要。我們通常把「人相學」和「命理學」混合，統稱其為「命相學」，實質，這兩者的關係是密不可分的。人相學照樣講究金木水火土五行，配合干支的運轉，去更深度的了解一個人，了解人和自然的關係，人和人的關係。人和環境的關係，先天的因素縱使無可變更，但後天的因素是可藉人力去改變，把盤、格、型、質綜合起來，這已進入高級人相學的範疇了。

以後天努力改變先天型格

人相學家都肯定「相隨心轉」，先天的不足可以用後天的努力修為去補救，很多時候，人力足可回天幾乎是不必置疑的。人在世上，增進學識，端正品德，變化氣質，循常數、經正道行事，是做人的本務。這樣恆常持久的做下去，能化浮滑為忠厚，變虛偽為誠懇，人的相貌自然也會隨著轉變。這並非是說人往上達之路去走，就不會遇到挫折阻遏和突變性的凶險，但遇上凶險的機率會大大的遞減，平順的道路卻越走越寬，這是不易之理。

拿我這個粗浮淺陋的人來說罷，小時候體弱多病，尖嘴貓腸，瘦得像猴乾，鼻準翹薄，兩腮無肉，又兩耳招風，活脫是個賣地的祖宗，在相學上又短命又敗家，根本一無是處。家裡人帶我去看相，每個相士見了我都大搖其頭，有的在我八字帖上批說：「此子非易學界」，這還算客氣的；有的硬指我是馬瘦毛長的乞丐命，有的說我：「略具聰明，不靠祖蔭，成則為王，敗則為寇」。當時我只有五六歲年紀，聽了這些話之後，心裡很不服氣，這些相士，當真有從小看八十的能耐!?把我的一輩子，幾句話就給死死的敲定了！

人原以為很長的一輩子，轉眼之間就過去大半，只餘下可多可少的風燭殘年了。認真想想，相士之言也有些道理。我幼逢戰亂，沒上過幾天學；我一生煮字療飢，算是標準文丐。很多官場上的人，謔稱我是丐幫幫主，讀者都是我的衣食父母，本質上也還是個乞丐。還好我一輩子膽小如鼠，要是膽大妄為的話，成則為王沒分，敗則為寇倒極有可能，一旦被通緝歸案，腦袋早就玩掉了！由於基本學識沒有根柢，只有發憤苦讀，以坐擁書城為樂事，這樣自學多年，學得很駁雜，三教九流都沾上點邊，但樣樣都稀鬆平常。搖筆桿寫小說，「無影造西廂」，寫來寫去同樣乏善可陳。我嘗自嘲謂：「年輕時得一『唬』字，中年後得一『混』字，唬人混飯，如此而已！寫文章像打蓮花落，又覺太溜、太淺俗，如今白髮蕭蕭，也該換換調門，改唱點破迷警世的『道情』了！」

勤修為脫去俗相

我這輩子雖平庸愚劣，從沒跨進儒、道、釋各家的門檻，但崇道、尊儒、禮佛的心總是有的，做人和寫字都不敢出格兒。蒙上蒼見憐，我的一臉寒薄相，居然也有了些改變，首先是招風耳變得服貼而變長了（因為沒地可賣，招也是白招），眉眼也變得略顯慈和（人老去的代名詞），而且除了睡熟之外，總是露出一張笑臉（老乞丐再不懂得「和氣生財」，只怕連飯都討不到了！）。在爭名逐利的人世走馬燈上，我自動除名，我從不花錢去看相算命，因為看旁人、算旁人我雖看不準，看自己、算自己我倒是一清二楚。我家不裝鐵窗是因為有書沒錢，梁上君子從前門進來，我免費簽名；從後門進來，勞駕他們自己搬書（一小貨卡總能換隻雞吃）。落拓青衫，窮也有窮的瀟灑，而且我遊來逛去，還不止「走一回」呢！

你想脱去眾生相，由俗相轉為靈相，總要下些修為的工夫，論修為最忌好高鶩遠，世上的腐儒酸不可聞，俗不可耐，人能拿得起放得下才是真人。歪起腦袋扛起兩肩，說話像唱戲，然諾像放屁，鼻孔朝人，自以為是的傢伙，那只是帶氣的人殼子，即使福祿壽喜財都給了他們，在他們身上也嗅不出一絲人味來，你還想做那種人嗎？

只要你肯光顧鄙人的「人相」攤子，司馬鐵口定會一拍你的泥丸宮頂，使你脫胎換骨，人味如泉，不信你就不必來試了！

命運的網絡

中國人對命運的敏感度，比若干荒島上的土著民族更高，有些人甚至擔心每一個明天。做官的講流年，卜升遷；經商的講運勢，卜財源；務農的擔心澇旱，卜個五風十雨大豐年；炮竹店最怕祝融光顧，燒窯的最忌窯變。因此，最古老的龜卜仍走大運，哪個古廟裡不設靈籤？河圖、洛書成為卜相家的遠祖，只要有錢好賺，管他玄之又玄。

生庚八字定一生

一個孩童出生了，要寫下詳細的生庚八字，這些數字一輩子跟定了你。它裡面包含了五行和干支，也正是一個人命運的主要經絡。你算命要用它，合婚要用它，連死亡也要用它。我們民族裡有關命運學的書籍汗牛充棟，像龜卜的研究、伏羲八卦、文王六十四課、河圖洛書的釋義、周公占夢術、諸葛神課、鐵板神數、紫微斗數、六壬術、風角術、青鳥術、觀音靈籤，甚至關亡術、圓光術、收驚叫魂、魘禁術、過陰術……各類五花八門的巫道，大多是和人的命運有關的。不管是什麼樣的家庭，或多或少都會受到它的影響。

機數玄巫說命運

命運之學，大體上可分為兩大類型。一類是正統的「機數」類，或可稱之為「超級靈動的人生數理學」，它有許多系統性的立論依據，即使是一般人去研究它，也有跡可循。另一類則是「玄巫」類，雖也有人言之鑿鑿，説它如何靈異玄奇，但愈是如此，它的可靠程度愈低。就「機數」類的命理學而言，我們不能直指它虛妄不實，因為其中太多深奧精微的道理實在頗堪學習玩味，但我們也不能一味迷溺其中，離了它就覺得寸步難行。至於「玄巫類」的玩意，盛行在民智未開的邊遠地區，荒鄉僻角，但到了競爭激烈的現代社會，它卻有了死灰復燃的跡象。

其實，中國民間具有極高的人生智慧，有一首民歌這樣形容説：「東邊落雨西邊晴，算命打卦不正經，正宮娘娘生太子，不用算命做朝廷」！略有些文化根柢的人家，總教導孩子不枉貪、不枉求，要憑本身的勤勞刻苦立身於世，自立而立人。有人說：「窮算命，富燒香，命越算越薄，三餐都難有著落」，又説：「求人不如求己，老天從不助惡漢，神仙不幫懶惰人」！從這些俗諺可以想見，民間並非一窩蜂的講迷信，總認為自立自強才是人生正道。

就心理學而言，人到某些重要關頭，偶爾去求神問卜，打卦算命，也並不完全迷信。人對未可知的前途，萬千可能的變化，產生了惶恐、迷亂、困惑，以致無從選擇的時候，總想撈住一些能夠支撐他精神的東西，從而得到一份寬慰和安定的感覺，不論那支撐是空洞的或是虛假的，有了總比沒有好。有些是對未可知的事物極端好奇，存心去驗證驗證，看它到底靈不靈？如果說靈，也要看它究竟靈到什麼程度？真正的宿命論者，說來只是少數。不過，趨吉避凶的心理是人人都具有的，中國各地的家庭，家家都有黃曆本子，人們搬家、動土、上粱、遠行、婚嫁……凡事都會看看日子，選個黃道吉日全家都很心安，即使是堅持反對迷信的人，他也不會挑個大凶的日子結婚——寧可信其有嘛，幹麼去硬觸那個霉頭!?

我們自幼就被這些傳統的觀念綑慣了，嘴上說不迷信、不宿命，實際上只是迷信和宿命的程度比較淺淡一些而已。你到廟裡去求籤，得到一支籤王，包準你心花怒放，大掏香油錢；要是得到一支下下籤，包準你心驚肉跳、愁眉苦臉。你出門會見朋友，朋友誇你轉老還童，紅光滿面，你心直樂；要是說你蒼老許多，眼泡浮腫，要多加保重，你回去定會攬鏡自照，唉聲嘆氣不開心。心理學家認為這些「暗示」作用，都會影響一個人的心理，這可是千真萬確的事。

三分命定七分努力

我個人從不找人算命，這並非是說算命先生欠準確，因為我們所報的生庚八字，本身就欠缺許多，比如說子丑寅卯、辰巳午未、申酉戌亥這十二個時辰，每一個時辰正是兩個鐘點，兩個鐘頭是一百廿分鐘，一百廿分鐘是七千二百秒鐘，每秒再分出秒差來，更不知凡幾，和你同年同月同日同時同刻出生的人，說不定有好多萬人，是否你們都是命運相同呢!?從前有個故事，說雞啼一聲之間生下的兩個孩子，一個貴為帝王，另一個竟淪為乞丐。做乞丐的知道他跟帝王同年同月同日同時生之後，心裡非常困惑，就跑去跟算命先生數說這件事，算命先生仔細掐指數算後，笑說：「雞叫一聲，分喔、喔、喔三折，帝王是誕生在第一折，而你生在第三折，那真是失之毫釐，差之千里了!這第一個喔，是平轉上聲，表示飛黃騰達，到第三個喔，是去轉入聲，業已成了強弩之末，有氣無力。你討飯多年沒餓死，已經算你有造化啦，你還想怎麼樣呢!?」

由於你生庚的命題就有訛誤，算命先生極可能把張三李四的命格都算到你頭上來。張三命好李四命歹又於你何干？弄到後來，你高興是鏡花水月，你擔憂是多此一舉，那豈不是都成了笑話。

生庚的數據不可靠，主命格首先就容易混淆，根據主命格推算出來的運勢和流年，也會跟著訛錯，搞得驢頭對不上馬嘴。偶然出現幾宗歪打正著的例子，經當事人大驚小怪的一喧騰，愛湊熱鬧的大聲一附和，算命先生就被形容成靈異萬分的鐵口、半仙，歷代筆記小說裡成千上萬的故事，大談命相靈異、風角術神奇……其實都是這麼來的。俗說：「人嘴兩塊皮，說話有挪移」，傳說的鮮活性和誇張性，原就是一種自然的慣性，總是要打折扣的。

依照個人多年閱讀得來的膚淺經驗，一個人的主要命格，建立在先德祖蔭方面要占三成，另七成在於個人的奮發努力上。至於庚譜數據，只能作為參考。而在運勢流年的推算方面，和氣數學的關係非常密切，若干性靈感應較為敏銳的人，對本身氣數的移轉互動，都會有一些很微妙的內感。有些喜愛雀戰的朋友告訴我，打麻將的時候，最能感覺到身邊有一種無形之氣在流轉，手風順的時候，所想要的張子，張張順心而至，旁人連牌還沒理好，這邊已經自摸胡下來了！心裡的電流，彷彿連到牌上，得心應手，那是勢旺氣順。有時手氣背，有一種無形的阻力擋在中間，要什麼張子，偏偏苦等不至，每牌總在一上一聽、不上要命的階段，只要熬到聽牌，必然放炮，有時單聽一張牌，恰恰聽到旁人開的暗槓上去，八百年也胡不到，這全是勢衰氣逆所致。

從表面上看，把廣大人生和方城之戲連綴在一起，未免不倫不類，事實上，人生很多事務，都感受到氣的激盪與洶湧。十多年前，我們有五十多戶人家登記購屋，繳款將半時，建商發生問題，建地又被地主收回，登記的住戶們為保持本身權益，不得不組成委員會訴諸法律途徑，那是一種糾葛重重的官司。我回憶起那天初來登記購屋的黃昏，忽見一陣烏鴉當頭飛過，還從半空落下一泡鴉糞落在我肩上，當時我並不以為意，誰知後來被推為主任委員，帶著一夥芳鄰，日夜開會，跑了五年的法院。我們走霉運不說，凡是我們經常去集會的地方，經那股戾氣一衝，全都倒了店，像紅葉咖啡、老爺飯店等等一無倖免，我們一夥執事的朋友，如今見面談論起來，仍然咄咄稱怪呢！

樂天順應走出生命的曲線

我常勸朋友，人走在順境，要靜心吐氣，千萬不要得意忘形、自我膨脹。人走在逆境的時候，要鎮定心神，面對朝陽深深的吸氣，更要用朝日初升的情懷去克服萬難，重展新圖。我的個性溫和平易，凡事都慢吞吞的，但我的韌力強，耐力大，想做的事我會一以貫之的做到底，不管中途有什麼樣的挫頓和阻攔。

「機數」類的命理很明顯的看出人的本身就是機數的旋紐，他可以操控機數，退一步說，至少也可以影響機數，使其逐漸脫離險惡，朝有利的方向發展。這時候，精神的平衡冷靜，心理和生理的調適都極其緊要。人遇逆境，張皇失措和暴跳如雷根本於事無補，萎頭躲頸，嘆息連連，更會使事態惡化。有些人在牌局上、球場上手風不順的時刻，懂得切戒貪妄，以「少輸為贏」的心態度過難關，為何一到商場上、政壇上就執迷不悟，爭得頭破血流、拚得你死我活呢？

人的命運在進行中有無數曲線，形成左右或高低的轉折，這就好像天氣的變化一樣，有時風平浪靜、晴空萬里，有時陰霾四起、風雨交加。中國人一向著重「窮則變，變則通」的道理，一個人如果不審時宜，凡事都要個性，硬走直線，有進無退的話，自刎烏江的西楚霸王就是個最好的例子。當然，你不至於得到那樣慘烈的結局，至少，增加你更多不必要的煩惱。現實人生有多種悲劇，一種是自然悲劇，諸如：飛機失事、高山失足、怒海崩舟、颱風地震，各類意外事件，讓人在難以預料的突變中蒙受損害；一種是兵連禍結，社會章制淆亂，人與人間關係失調，仇怨之氣相激而產生的人為悲劇；一種是天時、地利、人和都難以配合的環境悲劇。這三種悲劇，都還可用人力略加補救，盡可能的改善，但最後一種完全由本身形成的「性格悲劇」，卻是世間最普遍的悲劇。俗云：「天下本無事，庸人自擾之」，孟子也引述過：「天作孽，猶可違，自作孽，不可活」。如果你不能發揮靈性，化除秉性，逞血氣之勇，到處自鑽牛角尖，釋迦牟尼和耶穌照樣救不了你，再高明的命理學家也將束手無策，拿你毫無辦法啦！

環觀普世，真正樂天知命的人，畢竟是極少數。絕大多數人面對不可知的命運，都懷有好奇探究的心理，命理學盛行不衰就是明證。機數論者以接近科學的態度去探求命運的奇奧，給予陷入茫然的人以啟示與指點，是值得讚揚的；而玄巫類作法改運，花錢消災，仍待進一步的了解和深入觀察。蓋因巫道形成一種賺錢的行業之後，便龍蛇雜處，充滿弔詭的江湖氣息，神棍詐財的案子層出不窮，古往今來，花樣不斷翻新。我們看歐美若干先進國家，也有所謂的靈媒、星象家、預言家者流，他們大多是和科學家、哲學家、社會學家，共同從事靈界的開發研究，這是一條人類必然要走的道路，但不能魚目混珠、信口雌黃去坑害迷溺的人。

有位高僧說得好：「拜佛不如學佛，學佛莫如成佛」，這段話對我而言，實在陳義過高了點。前幾年，我寫過一篇〈消痰化氣〉的散文，我也只能練練化氣的工夫，使命運的曲線平穩一點。我練氣的要訣是：「人生本如戲，何必生閒氣。要氣你去氣，你氣我不氣。與其關門生悶氣，莫若出去透透氣。你有官僚氣，我有親和氣。你有財氣，我有骨氣。你有邪氣，我有正氣。你有暮氣，我有朝氣。我既無霸氣，又無驕氣，不必跟你賭氣嘔氣窮鬥氣。我一呃呃去凡俗氣，一屁打掉窩囊氣。我上通天氣，下接地氣，抓住順氣，踢開逆氣，我不是御氣尊者乎？」倘若我真能練到這種「八風吹不動」的地步，命運就在我掌握之中，哪有菩薩尊者還要看相論命的呢？可惜的是文章好寫，氣太難練，我練了半輩子，還沒攀著門檻呢！

時也、命也、運也，看樣子，我只好宿命一點，居易以俟命了。

虛與靜

隨著時空的輾轉，愈到科技文明發達的現代，人類的精神空間愈為褊狹。一個自許為文明人的人，滿腦子都是現實功利，權力的消長與金錢的消失，整天都在斤斤計較，管他幾回旭日升、幾度夕陽紅!?即使偶爾抬眼看天，俯首觀地，怕也沒把天與地放進心裡去！若說他們就是「行屍走肉」，話也未免太重了一些，因為這已經是所有現代人的通病，連區區在下也不例外，半輩子煮字療飢，斤斤為稻粱謀，哪還能有多大的胸襟!?

拓展心靈的無限曠野

很多年前，讀到美國散文作家梭羅的作品《湖濱散記》，他在一篇文章裡大聲呼喚，盼望大家重視心靈。他的意思是：我們專意向外界追求，那終究是有限的，我們卻忽視了人世間最大的一片曠野，那正是我們的心靈！

那時候，我年方二十二歲，正在動筆寫生平第一部大書《狂風沙》，老實說，書裡的鹽販子的生活，我一天也沒過過，我能擁有的，只是童年期對那些人物粗略的印象而已。讀了梭羅的書，心生憬悟，我雖然沒有田園可歸，長年守住一面小窗，窗外灌木叢生，菜畦滴翠，又何嘗不是我精神上的田園？專業寫作，離不開「虛」與「靜」，我很欽慕古人生活空間較為廣闊，自然環境容易使人產生虛靜之感。有一副對聯說：「山窗靜似無聲畫，水閣虛如不繫船」，清代名書法家曾熙有副對聯說：「虛能引和，靜能生悟；仰以察古，俯以觀今」，這是何等的境界!?可惜我既無山窗更無水閣，更沒有察古觀今的能耐，只能從開拓心靈作為起步，在時間裡緩覓進階。

說到拓展心靈，總要以恬淡為引子。有些人態度過於積極，常年陷在忙碌當中，難得有一點餘閒。他們雖然具有相當的知識，但心靈的感悟力卻有欠深廣，由有限知識所產生的自矜與自信，常像霧障般的阻擋著人的靈思遠引。如果你有恬淡安適的心胸，使精神放遊於天地間，人我相親、物我相融，以有我得慧，無我得悟，靈光一閃，你便會不知不覺的更上層樓！

瞑目盤坐釋放靈魂

在寫作生涯的開初，我確實是非常淺陋愚稚的，於學術研究毫無根柢，於生活浸淫也只得粗浮大略，揮筆為文，多憑並不穩實的想像；但我能安於潛居斗室的生活，享受每一個長長的夜晚，除了一束燈衣籠出的圓光，四隅是低黯的。夜，是一座無邊廣闊的舞池，容我釋放自己的靈魂進入並且自由的翔舞。逐漸的，我覺察到虛與靜是多麼的奧妙無窮。最先，我能瞑目盤坐，憑感覺分辨四季。春來了，我感覺到生機盎然，地氣上升，像蒸籠般的把我蒸熟。窗角的星粒都含有一種媚意，風是無聲的，只是一種輕微撫觸的綿軟，兜住我童稚期賞花逐蝶的夢，我的靈魂憩息在一張輕輕晃動的搖籃裡，這一晃，又彷彿晃動的並非自己，而是貼在窗角上的無數星群。當我展卷吟哦「閒坐小窗讀周易，不知春去幾多時」的時刻，薰風已宣告了夏日，我惜春但從不傷春，我單憑直感便順服於四季自然的嬗遞。曹雪芹寫黛玉葬花詞，一字一嘆，以黛玉飄零的家世、孱弱的身軀，觸景傷情的心理，我自能充分理解，但我忽然悟得，物我相融的極致已屬無我，即使我以淚澆花，花仍會萎落飄零，何況乎不論我存我歿，春仍會賡續再臨，故我願珍惜淚水，期待人間的永春。我感受夏的繁盛，夏的飽滿，夏天的威壯便成為我筆下關八爺的縮影！比較而言，我喜歡飽滿豐實的秋季，它是自然的收穫季，也正是人生的收穫季，大地和我心，全然是一片金黃。一般秋蟲的吟唱，聽來確蘊有些許的悲涼，但人生臨到最得意處，七分的甜美之外，何嘗不帶有三分無告的淒冷和一絲微帶寒意的悲涼！何況乎多數吟蟲，一生只能享有一個秋天，我們在世為人，生命雖屬有限，至少也有數十個秋天，容我們反覆的感悟，仔細的思量。最後我們遇到了寒風凜烈的冬天，如果我們一生坦蕩，俯仰無愧，我們自會把嚴冬當成暖春。傳說有一棵日久成精的老樹，樹精常在降霜的寒夜吟詩，它吟到：「人説冬夜寒，我説冬夜好，繡被暖如春，擁眠不覺曉」，有一位假道學的高官，聞得此樹成精，深夜前來察視，聽到樹精朗吟此詩，勃然大怒，斥為妖邪，樹精竊笑不已。想到這個屬靈的樹精，竟遇上這種冬烘腐儒，真好像「秀才遇見兵，有理講不清」了！——附註：此兵乃前朝老丘八，非現代文武兼資的軍人也！

非非之想神遊寰宇

這種四季輪移之感，只是從虛靜得來的初階。慢慢的，很多一般人認為是「非非之想」思緒，從我心裡飄出來，這些怪念頭使我能衝破現實的堅壁，徜徉在超現實的無限之中。我常在想：中國古代能夠出現老子和莊子，能夠寫出《道德經》和〈逍遙遊〉那樣奉為千古典範的文章，如果沒有偉大心靈的力量，怎麼可能神遊寰宇，走在現代科學前面億萬萬年？（這樣的地球人類數字形容，頗不適當，因為他們已宣示出近乎「絕對」的真理）。而在科技文明急驟發展的現代，被標為絕頂聰明的學者專家，他們的精神只仍繞著太陽和地球打轉，真是唯呼吸論的俗物！若果真基於「人本」的立場，不忘整體人類的現實，奮力拓展生存境界，倒仍情猶可原，但以「人道」蔽「天理」，那就大錯特錯，難以原諒了！

感悟四大皆空飛躍太虛

地球原本是一個宇宙自然而生的物質體，一艘在絕對宇宙規範中繞日而行的太空船，誠如佛家所謂的「諸行無常」。這四個字當中，一個「行」字，實為關鍵之點，那就是凡屬物質，都是生命，而且是有年限的，它們的存在與毀滅，都歸於自然的循環。我們感覺到的時空永恆，事實上只有大空的永恆，大無的永恆，而人類隸屬的時是有極限的，當太陽系發生整體爆炸，九大行星共同毀炸的那一霎，雖永時仍在，但我們的時間就已經毫無意義了！也就是說，大空大時根本沒有任何變動，而地球毀滅與重組的循環，則列於人類進化史之上。——有無地球，有無人類，對絕對宇宙而言，根本是小事一樁。至於春夏秋冬這種地球繞日而產生的循環現象，又算得什麼呢!?

早時我總認為佛家「四大皆空」的空寂觀過於消極，但用虛靜之心深度體察，所謂的地、水、火、風（氣）四大，構成了人類整體的基本生存要件。對人類而言，它們當然是「大」了，但這些物質質素，原皆寄身於大空，經光合作用而產生的，神光一歛，這些全歸於空寂，化為烏有。如果說，儒家面對人類的存在現實，講求人本的修為，並以此為階梯，而參天地之化育；而釋家已超「人本」而入「空本」，故世人恆稱出家人為「遁入空門」。唯空唯識，方見永恆真理。真理永在長存，默示寰宇，並非單為區區人類而設的。

這「空」、「時」、「寂」三個字，實可汰物釋靈，使我們精神飛躍太虛。我們可以用人本的理念面對世界，用靈魂與絕對宇宙冥合，這樣並行不悖，才是人類「中道」精神的極致。我有如此感悟，並非在「故弄玄虛」。我們看近代天文學突飛猛進，超靈哲學已成為尖端研究的風尚，新的宇宙學方興未艾，終極學已綰合了文史哲學與科學為一爐，新的「人類學」已把唯物的進化論點遠遠拋開，而「靈學」將融洽過去的宗教，煥發神的新貌。

人類的起源與未來

在若干重要的科學論文裡，已經清楚的提示出：人類並非是地球的原住民，人類原是生存在太陽系以外的星球上，經過若干億年，原星遭遇危機，人類靈魂的光團便經過外太空飄移到適合人靈孕生之所——地球上來。人類在地球上誕生衍化，已歷約四億餘年，經歷了從誕生到毀滅的五百盤古，再居住若干億年後，靈魂的光團將集體移向第三座新的星球，並同時推定了第四、五、六、七座星球，是人類未來將去的地方。這種簡直「匪夷所思」使人驚心動魄的論點，如果是在古老的帝制時代，不把它當成「妖言惑眾」才怪，寫這些文章的人，怕早就綁赴法場，明正典刑了。

但我卻深深景服這種宏論，至少它是具有浩瀚宇宙觀的論點。比較起來，在唯物潮流中崛起的達爾文，只能算是一個低著頭不看天的小科學家；他的「進化論」，也只是地球物理學旁支——地球生態學的論點。人類是否是猴子變的，根本是微不足道的旁枝末節。猿猴裡面能出現老莊、孔孟、佛陀、耶穌、蘇格拉底、柏拉圖嗎？這種挖根刨底之學，本質上是倒退的，而人與宇宙才俱是向前的。我們可以判定達爾文是個滿腦子物質的科學冬烘，缺乏與宇宙通的高等靈智，或可說他原是猿猴托生，一心要抬舉猴輩，夢想以《進化論》一書和人類攀親。這種忠於靈長故主的人，愚昧堪憐，我建議大鬧天宮的孫行者悟空，容他叩頭禮拜，正式收他為乾兒子，讓他的蠢靈也能「悟」「空」，明白猴亦能神的道理，他就可跳之躍之，承歡膝下，得其所哉了！

昇華至靈智與空本藝術

我在燈下守夜經半個世紀了，我的書齋就是整個宇宙，每個夜晚都有閃光的超靈來此聚合，對我教誨不倦，給我以超脫俗世的靈姿。我發現人類歷史上，頂現毫光的，多是大詩人、大哲學家、大文學家、大史學家，而他們多通過了「虛」與「靜」的關口，才能以有我之證，無我之證，把極高的靈智之光遍灑人寰。次一等的才輪到聖賢豪傑、忠臣義士，他們以身作則，樹立了人本的典型。有一些虛矯狂妄之輩，懷著爭名逐利的心腸，卻擺出假道學的面孔，狂妄自大，連談吐都不脫屁味，竟也想和陶（潛）左（思）李（白）杜（甫）同列，想和堯、舜、禹、湯併肩，那真是愚昧堪悲。而一般人居然是非不辨、黑白難分，崇之拜之，歌之頌之，才更使人廢然浩嘆呢！

一般而言，春花秋月、春風秋雨的感嘆，算得是上品的詩詞嗎？即使人景相融，盡表達的極致，也只是「情感」的藝術，而非「靈智」的藝術；是「人本」的有限藝術，而非是「空本」的無限藝術。在傳統的詩詞當中，登峰和登樓的嘆詠，才顯出一些靈放的特質。我年輕時一度沉迷於李後主、李清照，推崇其絕世才情；五十之後，啞然失笑，已揮之如塵土；對現代若干政治人物，直視之為「放屁狗」而已。以南唐李煜而言，繼中宗李璟即位，在位時未能篤實務本，勵精圖治，一味迷溺風花雪月，十五年間，盡得人世風流，後來降宋失國，雖逞其才情，直抒胸臆，但那種春風之得與秋雨之悲，與普世何干？後主詞之美，美在才情文筆使人憐惜，何嘗略增人與天通的靈智？李清照詞，弱柳嬌花，徐娘居寡，殘餘荷爾蒙融入其才思而作野貓叫春之鳴，儘管鳴得曼妙，喚得纏綿，盡人運筆之極致，使人悲憫憐嘆，但你讀之賞之，擊節吟嘆之餘，又能悟得出幾許「人」以外的境界呢！文史哲學家，即使未能對人類有更高度的啟發，至少他們仍具高度的人道情懷，而若干政治人物，表面上攀道、禮佛、崇儒，實際上卻假借儒、道、佛為統治工具，以鞏固其既得利益，表面上高呼「人民萬歲」，其實視人民為芻狗。什麼「政策」、「政見」也者，都只是競選的口號，一旦選完登位即行歸檔，假民之所欲握權，藉民之推舉享樂，人們所嚮往的「堯天舜日」，早已杳如黃鶴，一去不返了！

虛靜之樂，明靈而知生命

我經過「虛與靜」的薰陶，寄居在人世間，只是寬袍大袖一介窮儒，但虛靜之樂何止萬金。明靈而知生命，一悟便覺富貴如雲。寬袍大袖，飄行塵世之間，有人前來問「道」，我恆以王維之詩作答：「中年頗好道，凡事不關心，自問無長策，空知返舊林。松風吹解帶，山月照彈琴，君問窮通理，漁歌入浦深。」

臭文濆目，歪理淆聽，君其諒之。

果報與科學觀

在現代社會的大多數場合，你如果談起因緣果報之類的題目，聽的人不是嗤之以鼻，就是大搖其頭，彷彿這些玄虛不實的玩意，只能拿去哄哄村夫愚婦，毫無科學根據的事物，不會讓文明人信服的。

其實，正確的因果觀和許多單項科學都有密切關聯，可以併同研究開發，比如：因果的本身就很合乎邏輯，因果和社會學、心理學根本就難以分割的，它和精神醫學、生理醫學，也都有相當程度的聯繫。如果把因果和氣數研究透徹，對心靈淨化、人生啟悟都將有重大的助益。我們不能因為部分人迷信它，就把因果的本身當成迷信的事物看待，這未免太武斷了一些。

種惡因得惡果

我常感覺到：「果者，因之積；因者，果之由」。比如說，有人從小就粗心大意，隨手亂放東西，從不把物品分類歸位，他經常為尋找一樣東西，翻箱倒櫃，把家裡搞得零亂不堪，東西找不到，累得滿頭大汗，還在罵罵咧咧的發脾氣。我的一位文友是位女士，有一天到我家來借一冊參考用書，臨走時丟下一捲東西，我一看，原來是她家修房子用的裝修藍圖，缺少這份圖，她就沒法子找工人按圖施工。我打電話到她家，沒人接，我想她一定出門找這份藍圖了。果然不久之後，她滿頭大汗跑來，問我看見那捲藍圖沒有？我把藍圖交給她，她千恩萬謝的走了。她走後我一看，圖是拿走了，可又把她的皮包留在椅子上了。我索性連電話也不打了，等著她再回來拿。一個多小時之後，她回來問皮包，我把皮包拿給她，她道謝走了。我一看，她是拿走了皮包，可又丟了一方手帕在桌上。小小一方手帕，她是不會坐計程車來拿的了。後來我見到她，笑著說：「現代女士丟手帕不算回事，如果在古代，只怕有人誤會遺帕留情，那可就茲事體大啦！」

在現代忙碌的社會裡，這種粗心大意的人多得很。這類人多是從小的生活習慣不好，成年後，領錢能把錢丟在計程車上，買菜能把滿籃的菜丟在計程車上，如果他們再不及時改正，將來旅行丟行李，出國丟護照，能急得把心從嘴裡吐出來。我們可以說：粗心大意是因，丟了重要的東西，急得發暈是果。

多年前，南部鬧過一宗分屍命案，被分屍的是位女老師。後來案子偵破了，殺她的是她認的乾弟弟。她認乾弟弟並沒什麼不好，但兩人有了感情，不乾不淨的上了床，乾弟弟變成「水弟弟」，這就種下孽根。後來「水弟弟」結了婚，又育有一女了，乾姊姊舊情難忘，還要對方定期約會，去旅館開房間敍舊，乾弟弟表示自己已有家庭，長此下去不是辦法，乾姊姊就罵他負心，指出當年她對他多麼好，貼了他多少錢財，並威脅他如果不聽話，她就要把真情公諸社會。乾弟弟一時情急，就把她給做掉，分了屍，用旅行箱分裝，拖出去找個偏僻的墳場埋掉了。

這位女老師是受過高等教育的人，應該明白種下惡因會得惡果的道理，因一時把持不住，結果落得如此悲慘的下場，這又能怪得誰呢!?

我們打開大報的社會新聞版，哪一種血淋淋的案子不是因果的標示?因酗酒賭博，得到家庭破裂的果；因到處留情，得被人追殺的果；因擄人勒贖，得被判死刑的果；因開槍殺人，得被四處追緝的果。這其中沒有半點玄虛之處，任何人都能理解的。古人說：「一失足成千古恨，再回頭已是百年身」，就是最好的警訓。我們也看到江湖上若干逞凶鬥狠的人物，在浪頭上意氣風發，一旦鋃鐺入獄，判處死刑，絕大多數都有「悔不當初」的儆悟，但鐵案如山，死前的懺悔總是晚了一步。古老傳說裡只有「九命怪貓」，可沒見過「九命怪人」。我們在世為人，總要無愧於天地父母，不負於妻子兒女，論起逞凶耍狠，誰又不會呢？我們凡事寬懷忍讓，反而能活得平靜安然。

明哲保身與生存的原則

我曾經活在抗戰前後，烽火漫天的環境裡，親眼見過無數逞能的人物，轉眼間就化為烏有。有一位確有道行的老和尚，為那些捱刀過鐵的人做法事，以禪杖搗地說出一句偈語，他說：「不能不死，不死不能」。

有許多升斗小民，平俗順命，雖也遭遇到苦難困厄，但總是將將就就的存在下來，那些張牙舞爪，自以為無所不「能」的人，轉眼間就風流雲散了。俗說：「光棍打九九不打加一」，那意思是說：今天就算你能用槍口指著別人，討這討那，人家已委屈求全，對你低聲下氣了，你要面子，人家給你面子，你要裡子，人家也給了你裡子，你也應該自動打個七折八扣，見好就收。如果你逼得人走上絕路，不留絲毫餘地，你就算殺了人家老子，人家兒孫也會找你報仇的。當年的雍正皇帝，對反清志士呂留良痛下毒手，以他九五之尊的威勢，照樣死在呂四娘的手裡。在你犯下血案之前，你該掂掂自己分量——你比雍正如何？

古人說：「明哲保身」，這是要你明白生存的哲學，比如氣數因果的學問，並非要你一味不講原則，甘心做縮頭烏龜，即使前路無可選擇，死也要死得轟轟烈烈，不能死得窩窩囊囊，冤冤枉枉。

你甭看當年的獨行大盜李師科，看上去半點不打眼，他可是殺警搶銀行的鼻祖。可惜他把時間、地點全選錯了，如果換成他在青島打游擊的時候，他單槍匹馬闖進了日寇占領的青島市區，殺了日警，搶了日本銀行，把大捆鈔票揹回游擊區去買槍添彈，他豈不是氣壯河山、時代的大英雄？但他在台灣受了警察的氣，殺了個警察奪槍，結果枉殺了一個姓李的本家，說不定敘起輩分來還是他的晚輩，這叫什麼「五百年前是一家」？當年不做「氣壯山河」的英雄，後來做了「氣沖牛斗」的狗熊，這真是什麼跟什麼嘛！若說李師科膽大，並不是大在他殺警奪槍搶銀行的當口，而是在他被捕後，臨到被槍斃之前，他仍笑瞇瞇的神情極爽，看上去他是那樣瀟灑，你能嗎？

有些犯重案的凶徒，在法庭上一聆死刑的判決，便臉色倉皇，三魂飛走了二魂，兩腿軟塌塌，非得法警攙扶，自己都不會走路，那又拿什麼跟李師科相比？就算你拿「人在江湖，身不由己」來當藉口，要混，也得有始有終，混個好樣兒的，不必一聽死刑判決，就溺在褲襠裡。假如因果氣數你都沒弄清楚，那你最好學學我這無能無用的老朽，什麼樣的人我都不得罪，什麼不當的錢財我都不要。人說：「光棍不打笑臉人」，我一年到頭都笑臉朝人，用我的經驗誠懇的幫助人，除非遇上醉漢和失心瘋，誰又有那閒工夫來欺壓我呢？

察因識果見報應

我們常在街頭上看見果報的警語，說是：「善有善報，惡有惡報，如若未報，時辰沒到」，這幾句話毫無玄虛，全是事實。老子以橫財發家，兒子敗得比老子賺的更快，所謂的「現世報」，每天都有。殺人者，人恆殺之，這種例子，隨手都能舉出成千上百個來，你總不能單舉一兩個為惡未報的例子來作護身符，你沒先問問：我有那個好運氣嗎？

至於「來生報」、「隔世報」，大部分仍屬於宗教和靈學的範圍，如果人類確有靈魂存在，這些原屬於光的生命靈粒，在人的肉體裡面若干年，難免受到人一生作為的感染，產生不同的光度和比重，純淨清亮的靈粒會按宇宙神奧的規律上升天界，清濁相混的靈粒浮遊人世，接受循環，重濁汙穢的靈粒就如工業汙水一般直入地心，在地心的硫黃火湖中嘗受煉獄之苦。佛家所形容的多重天界，也正是不同光度、不同靈度所構成的大宇宙界域，即使是唯物科學發展到極致，也難以突破。唯有破物歸靈，鍛鍊超靈的潛能，才能通往大宇宙，明證大因果。

由於近幾百年來，機械唯物的觀念，迷霧般的瀰漫全球，世間一切，唯物是尚，是現世功利觀興起的根源。如果人類連靈魂的假設也成了虛誑，人只是一堆機械物質湊成的生物，沒有過去更沒有未來可言，那還要講什麼因果修為？有了聲色犬馬，及時行樂已經足夠了！事實上，科學所揭示的那些，大多數人都沒認真相信過，果真人類都成了科學狂，那東方的庵、觀、寺、廟，西方的教堂，早就毀光拆盡，再也沒有什麼信徒了！今天世上仍有許多宗教的存在，難道真如科學界所言：「只是為了求得心靈的安慰」嗎？

不過，我們就現世的科學高度談因果，無法暢談到「空」、「玄」之境，只能把它和「氣」、「機」同列，淺淺的作一番印證而已。至少我們要明白：廣行善事、廣積善德、廣結善緣的人，順理成章的應得善果，即使遇上不可測的變數，行善而得惡果的機率是不多見的。當初日本人夢想囊括大東亞，窮兵黷武，雖得一時之逞，但不數年間仍化為一場春夢，廣島、長崎兩城毀滅，便是大和民族所得之果。希特勒夢想以武力征服世界，結果卻在柏林城下指揮所裡自行飲彈喪生。國族的因果都難違天道，豈況區區個人乎？

以戒慎恐懼行事

不論你做任何事情，下任何決定，都是「因」的範疇。是是非，是善是惡，並非由你片面主觀認定，而是要經過客觀評定的。人間的任何動作都會產生氣的波盪和數的靈動，得出來的就是「果」，在事情進行當中，人握有相當的機變權利，可以改變所得的果。悟因證果，正顯出人生命運的影廓來，這是假不了的。你殺人害人，對方有關的人會用仇恨之氣對你；你欺人凌人，對方有關的人會用憎怨之氣對你；你援人助人，對方會用敬愛感恩之氣對你；你啟人導人，對方會用尊崇懷德之氣對你，這些都是比較明顯的因果，你容易選擇。如果你在一座舞台上，看到一群青春飛揚，身材窈窕，面貌姣美的女孩子，你要選擇一個去愛，那就難了！因為你看到的只是相同的、美麗的形體，而不是參差的心靈。她們有的是溫厚純良的、有的是非常性格的，有的是仙子、有的是女魔，五光十色，撩人眼目。在這種光景中，憑一念之擇誰能敢言準透？幽王寵褒姒，紂王寵妲己，不就是一念之果嗎!?這只是舉其一例而已。在世為人，經常遇到眾多岔路，沒有人能幫你選擇去向，成敗禍福，全在你一念之間。古人勸慰我們，要我們臨淵履薄、謹慎戒懼之心面世，正是這個道理。

我現已逐漸步入年邁體衰的老境了，但仍然戰戰兢兢，未敢少懈，因為世上仍有許多「老不修」、「老不正經」、「倚老賣老」、「臨老入花叢」的人物，使我引為鏡鑑，一直要等蓋了棺，才能算塵埃落定呢。

世人常要小聰明貽誤大事，就和亞當、夏娃偷吃禁果被逐出伊甸園一樣。因此，禁果我是不敢偷嘗了，摘粒青果（橄欖）品味一番，先澀後甜，倒也不負此生罷！

謹以「不種惡因，無懼惡果」八字相贈，願諸有情笑納。

文明與荒野

文明這兩個字，若按字義而言，該是意指「人文煥發，光大昌明」。我們可把一切的人文創造、改革和演進，都歸入文明的範疇。像天文學、太空科學的發展，拓廣了人類的「世界」，增加了人類知識的領域。像地理學、地質學、礦物學、水文學、氣象學的發展，使人們對地球和周近星球，有了更深切的了解。像考古人類學、生態學、生理學、遺傳學、病理學、中西醫學（包括生理和精神醫學），使人們對於本身生存和有關生存的環境，有了更進一步的認知。像社會學、政治學、法學、教育學，研究人類的社會屬性，覓取個體與群體的和諧，提升人的素質，建立社會和家庭倫理規範，在典章制度方面，不斷的創發演進，使人人有所本、有所立，並以此形成道德的龍骨。像各類哲學、史學和文學藝術，充沛人類的精神，激發人類的性靈，使人類的內在充實飽滿。單就意念上而言，人類從荒野過渡到文明，是必經的過程。而我們要問的，文明的發展，果真是吻合理想的嗎？我想，大多數的答案是比較失望的。

華夏文明的發展

讓我們就華夏廣袤的大地而言，在古老的年月裡，山川自然的阻絕，形成了許多原始的圖騰社族。這些社族各因自然環境的差異，或巢居、或穴居、或漁或獵，來求取最原初的生存，他們經衍化而產生個別的社族觀，凝固成一群群求存的集體本位，再經過悠長的歲月，小的族群互相交流，包括吞併與融合，變成中型的族群，並推出領導者，並縮結族群文化的經驗朝前發展。

在華夏歷史的開端，已經是由中型族群過渡到大族群的時代，比如說黃帝，實際上是代表北方大族群的共主，由每個中型族群為核，經共舉而產生的。而炎帝則是南方族群的首領，產生的方式和黃帝並無二致。在雙方各大其大的景況中，終致兵戎相見，經鉅鹿一戰，炎敗黃勝而使天下一統。其實，當時的所謂「一統」，不過是黃河流域與長江流域的一部而已，大多偏遠社族根本還沒被發現呢！

堯、舜、禹、湯，雖都號稱一統，實際上，仍是中型族群在中央領導下聯合而分治的局面，中央的責任僅在於匯集群智，分施於諸侯，形成「垂拱而治」的局面。不過那一時期，由於實施禪讓制度，選取最有德能的人去領導群倫，便成為歷史學家一致推崇的——「天下為公」的榜樣。歷代史家總是肯定先秦期各王朝的建樹，不是沒有因由的，因為那時代的中央，確屬足智多謀，上啟天文，下拓地理，給予人類以大社會觀的輸灌與啟迪，後世的文化學家把它列為「前向期」的文化。所謂「前向期」，就是從無到有，一如旭日初升的全民拓展型的文化。堯之身則，舜之躬耕，禹之治水，湯之煥文，都足以典範千秋。

這種前向開拓的文化，到周代為文死武繼終結了。周代初期，瀀於前世諸賢王之宏德，在與諸侯分治的妥協中，仍有以智服人的政績，但隨著年月輪移，而逐漸荒廢鬆弛，演成春秋戰國烽煙四起的悲慘局面。從春秋到後七國，在文化現象上產生了一種兩極化的奇異現象：在政治上是爾虞我詐，相互稱雄爭霸的血腥局面；在文化上卻是百家爭鳴，煥發異采的年代。由此可見，人類在安逸的時辰，總是貪圖享樂，醉生夢死，唯見經歷患難，人性才會產生巨大的甦醒。

而無情的現實，總會掩蓋崇高的理想，在殘酷鬥爭中成長壯大的秦始皇看透了這一點，為了永圖帝業，為了消除未來可能產生的反抗，貫徹他的中央集權主義，他乾脆來一個斬草除根的狠招——「焚書坑儒」，把可能產生問題的腦袋全給割掉，結果，他的長生不老藥方沒能取到，自以為永世的大秦，成了短命的王朝。

漢代的立朝儀，是封建王朝的示範表演，直認家天下是受命於天，為臣者只有翹屁股的分兒，連皇帝的三宮六院七十二妃都是按天象安排的，從漢一直到清，有哪一封諫書，是勸皇帝老子只能有一個老婆的？由此可見，封建帝制，根本無真理可言！有的只是阿附權力的丑表功，是捧上淩下的嘴臉，極少數不願同流合汙的朝臣，紛紛被讒言扳倒、謊言誣陷，砍頭的砍頭，流放的流放。後世詩云：「讀史長懷千古恨」，不都是這麼來的嗎!?

即使到了民國，皇帝變成大總統，仍然是換皮沒換骨。擠上朝堂的小人，比前朝前代更為囂張，軍閥割據是另一部春秋戰國，地方派系不仍是圖騰社族？山頭林立，本位爭攘和幾千年前毫無兩樣，帝王將相、高官厚祿的夢，仍在許多人心裡發酵。會做官的人，腳踩在時代的浪頭上，高喊民主自由人權，其實都是統治者的新障眼法，拿來騙騙痴愚的百姓而已。

經過多風多雨的歷史長廊，我們的文化由旭日初升的「前向期」，轉至左盼右顧的「同向期」，再滲進許多不純良的人性渣滓，陷入混亂的泥塗難以自拔，只能翹首雲天，緬懷古遠時日那片創造的輝煌，這是夕陽西下的文化「後向期」，也標示出危機的訊號。也許我們的物質文明可以逐漸趕上歐美諸國，但精神空蕩，人文素質普遍低落，非但典章制度冗雜無緒，連自動調整的活潑機能也喪失殆盡，使有識者莫不憂心，這是確然的事實。

歐陸文明的進展

走馬觀花式的檢視華夏文明之後，讓我們再來看看歐陸文明的進展。實在說，歐洲大陸以地緣廣闊而言，遠遜於亞洲。他們地狹人稠，種族繁多，自然資源有限，人與人的關係，自古以來就遠較亞洲複雜而尖銳。歐洲的神權時期，黑暗綿長，而且界限分明，全不同於華夏的人神一體觀，比如古希臘裡的阿波羅（日神）、雅典娜（月神）、丘比特（愛神），他們本身就是高人一等的神族，絕非任何一個有學識、有品德、有能力的人所能取代的。古希臘文學上的三大悲劇，都是人違抗神的意旨而受懲的悲劇：神是主宰，人只是神的的奴僕，奉神的命而作為。這就是神權時代人類悲慘黑暗的生存處境。當各民族所奉的神相互衝突之際，人間便產生了腥風血雨的戰爭。

一部中古時代的歐洲歷史，根本就是一部血腥的戰爭史，和原始森林中群獸相搏的本質相類。弱肉強食，適者生存，歐洲古代邦族戰爭的殘酷性較野獸更為凶暴，整體的殲滅和徹底的奴役，一無人性可言。每個邦族為了捍衛生存，不得不團結一致，奮發圖強，他們著重於弓強刃利，堡壘的堅固，是時代所顯呈的現實逼出來的。我們參照東西方的歷史，很容易比較出它明顯的不同處：東方的戰爭，絕少有奪其邦滅其族的事例，只要對方願意稱臣納貢，建立形式上的藩隸關係，強者便見好就收，罷兵言和，並沒對鄰邦的人民趕盡殺絕或收為集體奴隸；而西方人一旦喪邦失國，淪為奴隸，便毫無人權可言。這也可以說：東方的戰爭心態是較為柔性的，西方的戰爭心態是十分剛性。可憐的歐洲人民，長期面臨死亡和奴役的恐怖現實，他們必須環顧現實的鐵壁，去覓取新的出路。當時的歐洲由神權過渡到君權，邦族的集體主義壟斷一切，現實又那麼冷酷無情，中古前的希臘哲思理念，都如高天的雲朵，根本不切實際了。這種潛在的、脫出非人困境的思潮，在無數心靈中匯成地下的河流，直到羅馬帝國的末期，它才噴湧而出，成為人性的洶湧怒潮。

廣大民間心靈的覺醒，並沒能大幅度的更改政治現實。歐洲各民族勢力的消長，類如華夏的春秋戰國，頻仍的戰爭，不斷掀起生活的波瀾。歐洲的哲學家們繼希臘哲學之後，新創的哲學更具人本的精神，在系統上深細而完備，但多以如何脫出人生困境為主要意旨。我們不能否認自康德以降的西方哲學，和科學的齊頭並進，造成了歐洲普及性的現代文明，但伴隨物質而來的文明毒霧，卻也剝蝕了原初的理想。像英、法諸國仗著船堅砲利，橫行亞、非各地；帝國主義、霸權主義、新殖民主義，紛沓而起，從阿拉伯到中國，從非洲到南洋，從太平洋諸島到中南美洲，都受到他們霸權和殖民思想的毒害。宗教戰爭、鴉片戰爭、殖民戰爭，都是足使早期歐陸文明蒙羞的典例，受害的民族會問：「文明的本質是什麼呢？難道只是壓榨、威迫、奴役和征服嗎!?」

法國紅白藍的三色旗，標示著博愛、平等、自由，是多麼文明、多麼美麗的旗幟，可是當年的法裔流民，卻在非洲的黃金海岸，挖掘露天的地下石獄，更有隧道通向海邊；他們攜帶了長槍和大罟，在森林中獵捕年輕的非洲土人，一如我們在春天捕捉飛翔的蝴蝶，捉獲之後，把男女分開，以鐵鍊穿鎖他們的琵琶骨（即肩胛骨），等待遠洋船來，再把他們驅趕上船，運到中東或美洲的奴隸市場上去喊價叫賣。這種情形，被作家以人道悲情述寫成書，使我們讀後熱淚盈眶。你讀過《黑奴籲天錄》嗎？讀過《日寇侵華史》嗎？揭開文明的面紗，你會看到多深邃的黑暗，多少血淚汪洋！

文明的虛假表相

當我憑著記憶和感覺作這樣記述時，並無一絲痛恨文明、否定文明價值的意念，我常在想，文明不能以科技和物質的發展為主體，文明應該建在人類的精神修為上。人與人，人與社會的和諧，國與國，民族與民族間的一體和諧，比物質的創發更為重要。於今，物質、商業、金錢、權力使舉世紛擾，人們在文明的假象中齊作天魔之舞，哲學系已成為失業系的代名詞，老莊孔孟設若活在現代，照樣會餓死。文明的本質已無人去深入理會，它的節奏快速成舉世風靡的迪斯可舞曲，讓你跳，讓你抖，讓你歡樂、迷醉或者瘋狂！

我穿起西裝，結起領帶，彷彿也算是半個文明人的模樣了。我清晨穿黑衣去殯儀館參加友人的葬禮，要神情慘淡面帶憂戚。午間參加長輩壽宴，要趕換紅領帶，神情愉悅面帶笑容，滿口福如東海，壽比南山。壽宴完畢，我得立即趕回家換衣裳，準備參加下一代人的婚禮，享受一點紅燭暖風的喜氣。深夜回宅，疲憊不堪，不知自己這一天的日子，是喜劇呢？悲劇呢？還是哭笑不得的悲喜劇呢？為了不失禮儀，我們早已準備了各式各樣的文明假面，具有適體的形式，未必有誠懇的內容。

事情好做，人難做，我們不論在哪個行業，每天都要面對數不清的面孔，交叉縱橫的社會網絡像聲色俱備的迷宮，每一道門都有虛實真假的試探，我們像一群接受試驗的白鼠，在迷宮裡鑽來鑽去，暈暈糊糊的喪失了自我。我們每天的時間，被連串的記事割成許多碎片，幾點幾分：開會，幾點幾分：約會商談，幾點幾分：接送友人……花圈、花籃、輓幛、賀禮、講話稿、要點紀錄、進出貨品名單和價目、醫院檢查結果通知書、法院出庭傳票、待收待補帳款登記、各種契約修正……你到底為何而活!?你能在重要的會議上，扯脫領帶，鞠躬如儀說：「抱歉，今天我想去山溪邊釣魚，請容許我禮貌的退席。」你不能，你必須在不同的場合保持你的耐心與風度，要在想笑的時候哭，要在想哭的時候笑，你是戴上假面的人生演員，因你是現代的「文明人」。

文明人在現實中失落了「桃花源」

從荒野一路行來，我們早已在現實裡失落了「桃花源」，也失去了陶潛筆下的「南山」，儘管那南山懸掛在你客廳，是一幅朦朧的水墨，有著飽滿的寫意筆致，但在感覺中的距離，實在太高太遠。我非常羨慕當文明腳步逼近之前，印第安族的裸身勇士們，他們在灼灼的金陽下，挺胸昂立在山頂，彷彿他們就是山的一部分。我羨慕非洲的土著，他們帶著弓弩，走在莽莽的漠野上，渴了，就去水源處掬飲，飢了，就架起野火堆來燒烤獵物，沒有厚厚的法律條文，沒有矯情的酬酢，生死悲歡，全秉諸自然。但他們都已被現代文明的浪潮所淹沒。文明彷彿像一隻爬在樹上摘果的猴子，自以為聰明卻貪婪無厭，牠總是一面摘取一面丟失。你跟著不斷變易的時代跑，隨著流行的浪潮踏步，有否產生過「世風日下，今不如古」的慨嘆？有否覺得五光十色使人迷惑？繁文縟節使你疲累？

歸去來兮，吾將何適？爾將何之？

幽浮的啟示

外星人和不明飛行器（幽浮）的話題，在近半個世紀，愈來愈為熱門，各類新聞媒體對它非常重視，許多歐美的電影、電視，都用它作為題材，更多的科幻小說，也以它作為主題，極盡幻想之能事。但這些幻想，畢竟是幻想而已，影視的速度與聲光，雖能帶給人奇幻的感受，但我們和遙遠的星球間，仍然非常隔膜。

令人好奇的外太空

處理科幻題材的作家和編劇家，他們確實具有一些現代科學的認知，但他們對於各宗教神學、東西方哲學的涉獵，大多缺乏深度與廣度，以致無法構成真正的宇宙宏觀，也因如此，難以發揮出「以一點證諸多面」的藝術功能，充其量，也只能增加觀眾和讀者的興趣，滿足他們皮相上的好奇心而已。

人類貴為地球萬物之靈，對於時空的奧妙、蒼穹的無限懷有好奇探究的心理，是很自然的事。在極古遠的年代，人們就崇拜日月，探索星辰，對天文天象有了極強烈的興趣，並認為人的生命奧祕，和天象有著密切的關聯。如果生命奧祕是容易解開的話，它也就不成其為奧祕了！遠古時日，人們曾認為地球是廣大得和天幾乎相對的物體，所以稱之為天公地母，並把天地並列，更荒謬的是把太陽和月亮當成環繞地球的衛星，而星星則是微小的星球，不足道也。饒是如此，中國古代的〈天官書〉裡，仍然列有星象的部分，若是古代書籍不毀於秦火，我們的祖先們對天文星象研究的遺產，可能更為豐富。

浩瀚宇宙的無盡可能

單就「科學」的認知而言，人類前進的步履是比較緩慢的，它同屬靈的感覺根本不成比例，尤其是在中國，老子和莊子的浩瀚宇宙觀足可橫亙今古，而從周代到清代，我們在星象學方面幾乎沒有什麼可以稱道的大進展，逐漸遠落在歐陸之後。在特定的歷史階段，我們跟著歐陸走，可以說是必然的趨勢。伽利略發明的望遠鏡超過肉眼若干倍是不爭的事實。同樣是國家級的天文台，人家能觀測到數以萬計的星座，而我們所列的星座仍不超過兩千。十九世紀以降，歐陸科技文明突飛猛進，那些現代的科學成果，遠邁乎我們最高的夢境。如今，美國設在加州和檀香山的天文台，居然發現若干年前，被視為宇宙中心的銀河系，只是絕對宇宙中微不足道的「島宇宙」，像浩瀚大洋當中一個小小的列島。望遠鏡發現絕對宇宙中，至少散布著十萬個以上的銀河系，這些大星系之間的距離，動輒一百萬光年。有一天，當望遠鏡的倍數增加之後，又將是另一番新的景況。最近美國天文台照相偵測出一顆大於太陽若干倍的恆星爆炸，它距離我們至少八千萬光年。絕對宇宙之廣大，根本超乎人類的想像。

若干萬萬恆河沙數的星球，其中若只有地球擁有生命是非常不合理的事，外星人的出現原是早晚會來的。而外星人用作星際旅行的工具——太空船，或說是「星際航艦」，出現在地球人類的眼前，也就無足驚怪了。

幽浮的神祕動能

地球科學家研究外星人和飛碟，不斷蒐集有關情況和資料，著重觀察、解析、實驗與證明，迄今為止，許多國家都已掌握到不同程度的資料，例如：對幽浮不同型式的觀測、攝影、研判；幽浮對地面物體所構成的毀損跡象；幽浮墜毀後碎片化驗結果，若干外星人屍骸解剖等等……。但並沒有任何一個國家和科研機構捕獲一個活的外星人，並且以地球人的語言、思想和他們作深度溝通；外星人的生活狀況、生理構造、文明進展、幽浮能穿越不同星系的飛行奧祕，地球人仍然在茫無所知的景況當中。若干科學家也紛紛以地球人的科學經驗，提出許多「假定性」理論，比如：幽浮以超光速、同光速或接近光速飛行於外太空時，它的基本動力是來自什麼樣的「能量」!?是燃力？電力？光力？或者是非物質的意念力？精神力？是道力？玄力？或是「神」力？幽浮的燃料是固體、液體？是鐳能？核能？或是地球所不具備的自然能!?

實質上，從十九世紀迄今，自然科學家大都是以「相對宇宙」的唯物論點去進行研究的，而以「物質」為主體的研究發明，已不足以解釋幽浮若干「超物理」的現象，而科學界普遍認定：宗教神話、玄學、靈學，本質上是不科學的。幽浮的出現，最先受到極大震撼的正是科學界。科學家們逐漸省察到，「物質物理」的發展已達瓶頸階段，早年的定理定律只可用於「太陽系」部分情況，如果廣而大之，非邁入「超靈物理」的境界不可，而超靈「物」理仍然是一種過渡，幽浮所顯示的景況，遠遠超越了地球人最高的科學創建，逼得科學家們不得不和宗教神學、哲學、文學、玄學、靈學融合，因而產生了由排古到復古的新趨勢。

到了今天，外星人與幽浮的存在，已經由半信半疑的傳說，成為經科學驗證後的確然事實，許多證明並已為普世所肯定。在古遠年代，若干文獻已記載過外星人從天而降的事例，而且描述得很詳細，終因缺乏證明，可信度不高。但在近幾十年間，幽浮被發現的事例急速增加，而且留有相當的物證，問題已經不在其有無，而是它們的來處、構造、飛行於星際的詳盡內容。地球科學家以極有限的地球人的經驗，從各方面分析研究，在物質的、數據的論點上，彷彿振振有詞，也很夠精密，但仍在唯物自然律的局限中，無法脫出。最近，領導研究「頂夸克」的科學家，已經明白點示出：「唯物物理的研究已經到了盡頭，廿一世紀將為『超靈物理』發展的世紀。」我們深深思考著這段話，覺得意味深長，也是對傳統科學界一大撞擊。

對於從事外太空科學研究的科學家，我們懷有十二萬分的敬意，因為「世界」這兩個字，是隨著人類智慧的增長、知識的累積而擴展伸張的。拓展世界的兩大動力，一種是隱性動力，比如心靈的感應、直觀、內省、禪悟，是屬於精神世界的；一種是顯性動力，比如理性思考，腦力激盪，從而創發新知，增強科技，這是屬於物質世界的。早期的科學排斥前者，特別著重於數據和證明。就現實而言，科學實踐的成果是豐碩的，不論在衣、食、住、行哪一方面，它都滿足了人類的基本慾求。人類從地表帶到天空和深海，更擴展到太陽系之外……但對於距離越遠的星球，我們所知越少，只能用比映性的猜測方法，先行假設，再去逐步求證。

傳統的自然科學，在鎖定地球的目標上，有了很成功的物質性的進展，各類單項科學突飛猛進，各有千秋，像生理學、生態學、遺傳學、病理學、現代醫學、各類心理學……這是對於人和各類生物的；像地理學、地質學、礦物學、水文學、氣象學、海洋學、水產學、森林學、植物學、建築學，這是對於大地的；像各種力學、天文學、太空科學……這是探索相對宇宙自然法則的。現代的單項科學分類愈益專精，不勝枚舉，但當幽浮出現之後，一切傳統的科學經驗，都不足以解析界定它超物理的現象，因為幽浮的星際航行，已結成一團難解的謎，超過現代人類理智的極限。在已往時日，科學家絕口不提「超靈」兩個字，因為在本質上它就是反科學的。幽浮的出現，逼得他們重新省察，以往用物代替靈、用腦代替心的舊觀念如果不打破，科學即使征服整個地球，也是有限。以有限的立場想去了解無限，那是緣木求魚。

基於這種新的醒覺，他們不得不和隱性的創發重新結合，去試圖觸動新的科學「靈」感，用以往科學界的實驗成果當成研究的前置點，因此才提出「超靈」這個塵封已久的名詞。我們看，所謂「超靈物理」，應是一種超乎物質的、全方位的研究觀念，它必須重視若干超靈現象，並建立「假定性的肯定」，再以物質解構為輔，在物質與非物質之間反覆印證，才可望突破唯物機械的瓶頸。

靈能才能解釋絕對宇宙

人類生命的潛能是無盡的，而「靈」是最大的一種元能，到了說「理」，已經下降了一個層次。一時一地的科學真理，對地球人類而言是具有實質創意的，但這種有限的創意，一旦使用在無限深廣的「相對宇宙」，就立刻出現了捉襟見肘的窘態，如果用在絕對宇宙，那更是「微不足道」了！

從地球人的史學觀念看，上古時期，在東方出現的聖哲，如老子、莊子、孔孟、釋尊、穆罕默德，他們都能以靈的感應，直與天通；西方聖哲如耶穌、畢達哥拉斯、蘇格拉底、柏拉圖、柏綠蒂等，也都發揮至高靈性，展現了宏偉的宇宙觀。近古時期，西方的哲人像康德、斯賓洛沙、笛卡兒等，他們所建立的哲學體系可說是深透豐廣。他們均具有多重宇宙的宏觀，但到後來，他們的精神論點都被舊唯物與新唯物論者所否定。從培根起始，唯物論者認為「空」、「時」、「物質」、「能力」、「因果」五大法則為其理論的柱石，新舊唯物的對立並非在於理論本質上，而是產生在生產和經濟分配方式上。舊唯物講科技、創工業、集資本、重發明，使國防力、工業力、社會組織力大增，砲利船堅，橫霸天下，逐漸的，分別形成了帝國主義、霸權主義、資本主義。新唯物論者認為，資本和經濟集中在極少數人的手上，造成社會的貧富懸殊是不公平的，必須通過革命形式，重新分配，而以人民大眾為主。道理聽來是滿動人的，但在暴力革命的血腥過程中，敵我鬥爭和內部鬥爭不斷，分配者掌握絕大的權力，形成了恐怖的集體主義，人們的行為和思想都受到相當的壓抑和禁制。十九世紀到廿世紀，唯物的毒霧迷籠全球，神學、玄學、靈學、哲學不是被否定就是受囿而降格，人生的精神價值也相對被貶低了，成為有生命的物質機械。

直到近百年來，自然科學界因不滿唯物的格局，潛心研創，紛紛產生了新的發現、新的見解，像大科學家芮曼、愛因斯坦、居禮夫婦……都有了突破性的進展，英國大科學家艾寧頓就直截了當的陳言：「科學知識只是一個外殼，或是形式的象徵，並未及其內涵，它的真實內容必為『意識資料』，這是物質世界最深的根柢，可惜物理的方法達不到。」天文學家強斯說：「宇宙最後的根源是心理的，不是物質的。」科學發展的處境，正像小貓追逐牠的尾巴，轉來轉去，總是捉不到，而老莊孔孟、釋迦耶穌默聖，是直接訴諸靈悟，而得於絕對宇宙相融。

現今很多研究外星人和幽浮的論文，都以地球人的科學觀開頭，到了不可解處，便借用宗教神學、玄學和靈學，作出假定性的暫結。有趣的是，他們從一向肯定的「正」，到一向排斥的「反」，到綜合正反而成一「合相」。釋迦牟尼曰：「合相者，即是不可說，但凡夫貪著其事。」由此可見，佛陀的超常悟力，遠在埋首一隅的科學家之上多多。我們都是凡夫，雖不敢言窮宇宙終極之奧妙，至少，對於相對宇宙——物質宇宙，仍有盡力開拓的本務。老子說：「知者不言，言者不知」，我個人粗淺浮陋，也許敢放膽直言正由於我本身的無知罷！無字的直感，才是最好的「天書」呢。

無論是哲學界、文學界、科學界，對於外星人和幽浮的出現，都有「玄異」的感覺。老子說：「玄之又玄，眾妙之門」，超靈的境界，對地球人類而言，本就是玄妙的，有些科學家認為「幽浮」的動力，極可能是外星人大腦中發射出的「意念能」，這原就是十分「玄妙」的設想。

絕對光流孕生多樣生命形態

現代的自然科學發展異常迅速，實歸功於大多數的科學家確認了多重宇宙無限玄祕，唯有以知識的累積作為基點，奮力去探索超靈的妙境，才能不斷突破。比如說，早先科學界把大氣層外的太空當成「真空」，那只是對地球人類而言，因為人是呼吸性動物，沒有空氣便無法生存。其實根據愛因斯坦的發現，太空中充滿一種非物質的波動，這種波叫做「以太」，它是光的媒介、電的媒介，更是萬物的媒介，它布滿空間不斷伸縮波動，所以外太空也可稱為波空，又因為光的無所不在，使整個宇宙像一片大光明海，說它是無限的「光空」也並不為過。

在地球的演化過程中，遠古人類認定火是萬物之母，後來又以水為萬物之母，其實佛家所謂的「四大」——地、水、火、風（也就是氣），都是光所產生的，光才是萬物之母；我們不敢想像，如果相對宇宙失去光明，會是怎樣的情景!?

絕對光流出相對光造化諸行（相對宇宙），在無數個恆河沙數的星球中，孕生生命的絕不止一個地球；由於各個星系的生態環境不同，生命的形式和內容也會有很大的參差，地球科學家們正以推測性的論點，描繪出多種樣貌的生命形態來，比如：水生形態、飛翔形態、兩棲形態、陸上形態，有些生命是光態的、液態的、氣態的、固態的，和地球人類差異極大，我們焉知一顆含有鐳素或核素的光粒就不是生命？就不會擁有比人類靈智更高若干萬倍的靈性？

這些外星的生靈，他們生存的歷史、文化演進的情況、科技的發展進程，我們一無所知，但就幽浮能夠在星際穿梭自如的情形看，他們的智能遠超過地球人類是無可置疑的。據世界資料綜合顯示，這些幽浮在形式上約有一百卅多種，大部分是半球型、碟型，更有些為長方型、橢圓型甚至三角型，可見它們並非來自同一星球，在他們之間是否有相當程度的了解與溝通也不得而知。

誰怕外星人？

如今世界各國對於幽浮日益頻繁的出現，都深感關切，尤其是科技文明發展較高的國家，更加緊研究這些闖入者的動機，並保持含有敵意的警戒。地球人類恐懼陌生的心理是很自然的，但也無庸太過，因為那些文明程度高過地球人千百倍的外星人，不至於危害地球。若干影視和文學作品，以一種浮誇的描述，把外星訪客當做「入侵者」，好像非要打一場「地球保衛戰」不可的樣子。這種心態很要不得，這也正顯示出科技文明發展愈高，精神文化的質素反而愈薄，在重視傳統哲學的民族當中，懷有這種心態的人必居最少數，像中國、印度、希臘，大都能以廣大寬容之情，善盡待客之道的。

若干宗教學家、人類學家多認為，早在若干時日之前，就有外星人來到地球，幫助那些原始人類學習各種文化技能。當時的人們不具自然科學的知識，便把外星人當做自天而降的神明，可見外星的高等生靈，並不具有集體入侵的野心，我們不必要抱著「地球末日將臨」的惶恐心理，而是要以內在的靈明，重新自省。

謎樣的星際航艦

籠罩近兩個世紀的新舊唯物觀，有功也有過，但總是過多而功少。人類的目光短淺，多看在功利與現實上，形成本位的喧呶，自相爭鬥殘害的悲劇無日無之，直到如今，這些悲劇在許多地區延續著。人類的未來，首應著重全新的、精神文明的創建，全力發展太空科技，加強星際的溝通，把四海一家推進到寰宇一家。

人類對於星際航艦的研究創發，最高寄望於它的速度能夠同光速（光速每秒為十八萬六千三百哩），如果以物質為艦體，物質為動力，簡直不可能達到這種速度。但有些靈學家預斷，「相速」更千百倍於光速，而「玄速」更千百倍於相速，就目前地球人類的科學處境而論，這是屬於靈學範疇的天方夜譚，根本不可思議。退萬步言之，欲求在星際飛行中加速至光速，將星際航艦由實化（物質的）轉為虛化（非物質的），這得要使精神進展至某種高度，和絕對宇宙相通方可。這對地球人類仍是難解的謎題，有著山遙路遠的長途。

拿幽浮的外體結構來說吧，根本是屬於平常物質的，像一九四七年六月二十一日，在美國華盛頓摩尼島撿獲的飛碟殘片，經化驗是以鋁質為主；一九五七年在巴西飛碟墜毀的材料是高度純鎂的；一九七一年九月十九日法國里爾市撿得的飛碟破片是鋁鎂合金，計鋁九十五％、鎂五％；一九九〇年中國河南省開封市墜落的幽浮材料，則是鋁、鎂、釤的合成金屬。這些由物質構成的星際飛行物，在真空狀態中飛行時，不產生氣阻問題，但當它進入地球大氣層後，問題就產生了，地球人所用的太空艙是以最耐高溫的金屬——「鈦」為主體而製造的，能耐得住三千八百度的高溫，幽浮的船體結構沒有用鈦，它是怎麼解決和空氣摩擦而產生的高熱的呢？

對於這個問題，科學家有不同的看法，有一些認為，外星人是利用放射性的靜電通過幽浮的外殼，使它形成一個「真空囊」，真空和大氣就不會產生摩擦的問題；另一些則認為，外星人有能力把實態物質轉為虛化，並且能適時適度的調整「光」的頻率，所以雷達幕上有時測到，有時消失。

無論如何，這種能力是地球人類尚未具有的。科學家假設的「意念能」，和中國古代傳說中的「大顯神通」，幾乎同出一轍。早年所謂的「乾坤大挪移」法、「五鬼搬運」術、「奇門遁甲」法，不也都是以意為先的小法門嗎？但那些能力和幽浮航天相較，只是微不足道的人間小技罷了！目前最為世界普遍認知的法力，是印度各門派的瑜伽大師的騰空打坐，他們確能在打坐中冉冉上騰，視功力的高低，騰空的高度不等，但操縱本身和操縱一艘龐大的太空船，騰空丈餘和飛行星際，根本無法相比。

目前在海峽兩岸，都相繼成立了研究外星人與幽浮的相關社團，在台灣的UFO科學學會、《科學月刊》，對外星人和幽浮都有研究介紹，《飛碟和科學》季刊也開始創辦。兩岸學人都有專精的論文發表，尤其是大陸學者，知識廣博，學養深厚，所提見解都具卓越性，即使是暫時的假設，也都以科學經驗為基礎，有層次的向上推論，迴不同於虛妄浮薄的猜想。

幽浮的不斷出現，對地球人類應該是最好的事，我們如今講修為，多半著重個人升天，置廣大靈團於不顧，這根本是「愚修」。引領整體人類上達，宏化天道本旨，是上智本然之責。生命若不能虛化為非物質的靈光，想脫出太陽系幾乎是不可能的。靈與光合，還不知要經歷幾百盤古呢!?

我們研究「物質物理」，比較容易覓得依據，因為它「有物」。而所謂的「天」、「道」、「常」、「靈」、「魂」、「精神」，都是抽象的，了無蹤跡可尋，完全脫離了傳統的驗證方式，即使是超一流的科學家，也會有無從著手的困惑。全新的「超靈科學宇宙觀」，和宗教神學逐漸彌合是必然的趨勢，而目前若干宗教勢力，仍在相互排斥傾軋，人的因素往往超過教義的本身，即使在同一宗教團體裡面，也充滿了不同派系的人為爭端。掌權的宗教領袖很多，但得道成道的萬不得一，在自顧尚且不暇的景況中，哪還有餘力協助科學的發展呢？即使未來的科學朝超靈的路向發展，若干宗教的教義或許對科學家有相當的激發作用，但和現世的教團、教派無關。一個真正的靈學家，只是廣義的科學開拓者，絕不會囿於一教一派。認識絕對宇宙的自生常存，本就是具有宗教性虔誠的。

時至今日，已經有太多太多人親眼見過不明飛行物體：在高空飛行的駕駛人、在山林工作的伐木人、在海上航行的海員、一般的社會人，都曾見過。有的看到它是一團火球，眨眼隱沒；有的見它變成無數徑未超尺的小飛碟，竟繞著人體盤旋。一九八一年的中秋之夜，我們全家在陽台上納涼，就看到一宗急旋的光體，自西北斜掠向東南，為時僅僅一秒，它即已橫過長空，就完全隱沒了。我們所見的UFO現象，也許不全然是外星人，而是高次元的生命型態在活動，不論它是神佛、羅漢或是天使，他們已炁化、氣化，運動速度已非「騰雲駕霧」所能形容了。

世間的宗教神學、靈學、文學，都是科學的命題師，非想非非想，常隱含著無限玄機，它可以激發科學家的頭腦，使它產生新的靈覺。

按照幽浮在英國麥田圓圈中所留下的符號，由印第安赫必族人以其古語翻譯「母親在哭泣」看來，外星人似乎是在警告地球人類，不要再相互鬥爭殺伐，不要再汙染環境，否則將有大劫來臨。人類如何避免浩劫，重造新天，全在於人類本身對生命的修為，各個宗教也應以大有容的開放態度，相互尊重和包容。如果列強能把用於核武和戰爭的科技研發，轉向以探索絕對宇宙為主，並以超靈的心胸，重新將精神定位，使其與天道相融相契，則人間的樂土方能體現。

目前我們地球各邦族尚且糾紛不已，又如何能和外星的生靈親切無間呢？

F⑩㉚跳足舞者（新詩） ——綸音	張菱舲著	230元
F⑩㉛天使補習班（散文）	游乾桂著	250元
F⑩㉜青春一條街（散文）	周芬伶著	240元
F⑩㉝九十七年散文選（散文）	周芬伶編	350元
F⑩㉞九十七年小說選（小說）	季　季編	300元
F⑩㉟先說愛的人，怎麼可以先放手（散文）	廖輝英著	240元
F⑩㊱等待（散文）	何寄澎著	250元
F⑩㊲或許，與愛無關（小說）	袁瓊瓊著	250元
F⑩㊳邊界（新詩）	陳義芝著	230元
F⑩㊴收藏的雅趣（散文）	漢寶德著	320元
F⑩㊵在矽谷喝 Java 咖啡（散文）	陳漢平著	250元
F⑩㊶弄堂裡的白馬（附朗讀 CD）（小說）	王安憶著	260元
F⑩㊷我這溫柔的廚娘（散文）	虹　影著	250元
F⑩㊸推拿（小說）	畢飛宇著	280元
F⑩㊹一束樂音（新詩） ——語蕊	張菱舲著	280元
F⑩㊺司馬中原笑談人生（散文）	司馬中原著	240元
F⑩㊼台灣觀點：書話東西文學地圖（評論）	李奭學著	270元
F⑩㊽管簫二重奏：禪意畫情（新詩）	管管、蕭蕭著	200元
F⑩㊾春光關不住（小說）	張瀛太著	210元
F⑩㊿好兒女花（小說）	虹　影著	350元
F(1051)門內的父親（散文）	徐嘉澤著	230元
F(1052)憶春臺舊友（散文）	彭　歌著	200元
F(1053)親愛練習（小說）	張耀仁著	280元

◎定價如有調整，請以各該書新版版權頁定價為準。

◎購書方法：

- 單冊郵購八五折，大量訂購，另有優待辦法。
- 如以信用卡購書，請電（或傳真 02-25789205）索信用卡購書單。
- 網路訂購：九歌文學網：www.chiuko.com.tw
- 郵政劃撥：0112295-1　九歌出版社有限公司
- 電洽客服部：02-25776564 分機 9

F1003	沉靜的老虎（新詩）	虹　影著	200 元
F1004	尋回失落的美感（散文）	韓　秀著	240 元
F1005	幕永不落下（附有聲書）（散文）	李家同著	（平）280 元 （精）350 元
F1006	我這人話多：導演講故事（散文）	王正方著	230 元
F1007	李順大造屋（小說）	高曉聲著	280 元
F1008	除了野薑花，沒人在家（新詩）	李進文著	250 元
F1009	我將如何記憶你（散文）	宇文正著	220 元
F1010	九十六年散文選（散文）	林文義編	380 元
F1011	九十六年小說選（小說）	李　昂編	250 元
F1012	天繭（新詩）	張菱舲著	220 元
F1013	花朵的究竟（散文）	硯　香著	300 元
F1014	書話中國與世界小說（評論）	李奭學著	250 元
F1015	舞女生涯原是夢（小說）	鍾　虹著	260 元
F1016	在歐洲天空下（散文） ——旅歐華文作家文選	丘彥明編	260 元
F1017	西洋文學關鍵閱讀（散文）	謝鵬雄著	250 元
F1018	月光照不回的路（散文）	辛金順著	210 元
F1019	燕尾與馬背的燦爛時光（新詩）	歐陽燕柏著	180 元
F1020	閃亮的生命（散文） ——10 個不向命運屈服的故事	蔡文甫編	230 元
F1021	創造奇蹟的人：閃亮的生命 2（散文）	蔡澤松編	240 元
F1022	九歌繞樑 30 年（社史） ——見證台灣文學 1978～2008	汪淑珍著	200 元
F1023	詩歌天保（評論） ——余光中教授八十壽慶專集	蘇其康編	360 元
F1024	30 年後的世界（散文）	封德屏編	240 元
F1025	在夜雨中素描（新詩）	王　丹著	200 元
F1026	追求成長的十堂課（散文）	朱　炎著	210 元
F1027	小林的桃花源（小說）	康芸薇著	230 元
F1028	公務員快意人生（散文）	王壽來著	230 元
F1029	流動的美感（散文）	黃光男著	260 元

——半世紀女作家精品

F⑺⑵	喜歡生命——宗教文學獎得獎作品精選（文集）	宗教文學獎編輯委員會總企劃	360元
F773	樂活人生（散文）	賴東明著	250元
F774	那一夜，與文學巨人對話（散文）	張純瑛著	220元
F775	效法蕭伯納幽默（散文）	沈　謙著	260元
F776	大食人間煙火（散文）	廖玉蕙著	240元
F777	移動觀點：藝術‧空間‧生活（散文）	邱坤良著	300元
F778	上海魔術師（小說）	虹　影著	280元
F779	飄著細雪的下午（文集）	趙民德著	260元
F780	朔　望（新詩）	張菱舲著	230元
F781	九十五年散文選（散文）	蕭　蕭編	350元
F782	九十五年小說選（小說）	郝譽翔編	320元
F783	酒入愁腸總成淚（散文）	朱　炎著	250元
F784	一次搞丟兩個總統（散文）	馮寄台著	260元
F785	風弦（新詩）	張菱舲著	250元
F786	莊子的蝴蝶起飛後（評論）	黃國彬著	220元

——文學再定位

F787	男人的風格（小說）	張賢亮著	300元
F788	慢活人生（散文）	白　靈著	200元
F789	平原（小說）	畢飛宇著	320元
F790	自由的翅膀（散文）	龔鵬程著	220元
F791	王丹看美國的人文與自由（散文）	王　丹著	220元
F792	獨釣空濛（新詩）	張　默著	350元
F793	巧婦（小說）	南　郭著	280元
F794	斷掌順娘（小說）	彭小妍著	200元
F795	穿過一樹的夜光（散文）	楊錦郁著	200元
F796	熊兒悄聲對我說（小說）	張瀛太著	220元
F797	張愛玲的文字世界（散文）	劉紹銘著	230元
F798	人生的探索與選擇（散文）	孫　震著	260元
F799	跳舞男女：我的幸福學校（散文）	邱坤良著	320元
F800	戀戀九號宿舍（散文）	羅文森著	250元
F1001	師友‧文章（散文）	吳魯芹著	250元
F1002	火鳳燎原的午後（散文）	陳大為著	200元

九歌最新叢書

九歌文庫 1054

司馬中原鬼靈經

著　　者：司馬中原
責任編輯：胡琬瑜
發 行 人：蔡文甫
發 行 所：九歌出版社有限公司
臺北市八德路3段12巷57弄40號
電話／02-25776564・傳真／02-25789205
郵政劃撥／0112295-1
九歌文學網：www.chiuko.com.tw
登 記 證：行政院新聞局局版臺業字第1738號
法律顧問：龍躍天律師・蕭雄淋律師・董安丹律師
初　　版：2010（民國99）年2月10日

定　價：250元

ISBN：978-957-444-655-1　　Printed in Taiwan
書號：F1054

國家圖書館出版品預行編目資料

司馬中原鬼靈經 / 司馬中原著. -- 初版.
-- 臺北市：九歌， 民99.02
面； 公分. --（九歌文庫；1054）
ISBN 978-957-444-655-1（平裝）

855 98023480